Amber – katastrophal genial

Emma Shevah

Amber
katastrophal genial

Aus dem Englischen von
Birgit Niehaus

CHICKEN HOUSE

Dieses Buch ist all den Kindern gewidmet, die
– aus welchem Grund auch immer –
ohne Vater aufwachsen müssen.

Ich weiß, wie sich das anfühlt.

Dieses Buch ist für Euch.

Eins	Uno	Ichi
Zwei	Due	Ni
Drei	Tre	San
Vier	Quattro	Shi
Fünf	Cinque	Go
Sechs	Sei	Roku
Sieben	Sette	Shichi
Acht	Otto	Hachi
Neun	Nove	Ku
Zehn	Dieci	Jū

Eins – Uno – Ichi

Wo fange ich am besten an? Meine Kleinkindzeit kann ich wohl aussparen, da sind noch keine nennenswerten Katastrophen passiert. Okay, wahrscheinlich hätte ich den Preis für das Baby mit dem verrücktesten Aussehen auf Erden gewonnen, aber ansonsten war ich nicht weiter auffällig – da hab ich mich auf das ganz normale Pipi-Kacka-Programm beschränkt.

Erst später wurde es interessant. So interessant, dass es vielleicht besser gewesen wäre, in der Pipi-Kacka-Phase zu bleiben. Ach, das ist natürlich Quatsch, vergesst es. Aber eines muss man Babys lassen: Sie haben noch keine Geistesblitze, keine genialen Ideen, die ihnen am Ende haufenweise Probleme bescheren.

Ihr wisst schon, diese Ideen, die manchmal plötzlich in einem aufploppen. Und die das Leben so dermaßen kompliziert machen, dass man sich wünscht, sie wären einem nie in den Sinn gekommen. Tja, genau das ist mir passiert. Ich und meine supergenialen Einfälle …

Dabei ist es gar nicht mal so, dass *alles* komplett schiefgegangen wäre. Es ist auch was Gutes bei der Sache rausgekommen. Etwas ziemlich Erstaunliches eigentlich. Etwas, das mein Leben verändert hat.

Aber bevor ich euch von dieser genialen Idee erzähle, solltet ihr vielleicht erst ein paar Dinge über mich erfahren, sonst versteht ihr nur die Hälfte:

Mein Name ist Ambra Alessandra Leola Kimiko Miyamoto.

Keine Ahnung, warum meine Eltern mir all diese scheußlichen Namen verpasst haben. Wahrscheinlich wollten sie mir einfach das Leben schwer machen. Und wisst ihr was? Das haben sie ziemlich gut hingekriegt. Natürlich stelle ich mich nie mit meinem ganzen Namen vor, wenn ich danach gefragt werde, denn das würde ungefähr einen Monat dauern. Mein Rufname lautet Ambra. Das klingt toll, wenn man es italienisch ausspricht, denn da hört sich das »M« so an, als würde man ein Sahnebonbon lutschen. Und das »R« wird ganz gemütlich gerollt, es kullert einfach hinterher. Wenn jedoch Engländer meinen Namen sagen, dann klingt er wie »Am bra«. *I am a bra* – ich bin ein BH. Peinlicher geht's nicht, oder? Zumal ich noch gar keinen BH brauche.

Deshalb benutze ich lieber gleich die englische Version von Ambra – nämlich Amber.

Zu meinem verrückten Namen bin ich gekommen, weil ich zur einen Hälfte Japanerin und zur anderen Hälfte Italienerin bin. So halb und halb zu sein ist echt nicht leicht, zumal die zwei Hälften so grundverschieden sind. Ich bin fast zwölf und lebe mit meiner Mutter und meiner kleinen Schwester Bella in Südlondon. Dad wohnt nicht bei uns. Er ist aus Japan und studierte Informatik, als Mum ihn an der Kingston University kennenlernte. Daher stammt auch der Name Miyamoto (also aus Japan natürlich, nicht von der Uni). Aber jetzt sehen wir Dad nicht mehr – was irgendwie der Auslöser für diese ganze Geschichte hier ist.

Doch bevor es richtig chaotisch wird, müsst ihr noch mehr über meine Familie erfahren, sonst ergibt das Ganze keinen Sinn. Na gut, vielleicht tut es das ohnehin nicht, aber zumindest könnt ihr es ein bisschen besser einordnen.

Fangen wir mit Mum an: Sie heißt Bob und ist Grafikdesignerin. Ihr findet es vielleicht peinlich, eine Mutter namens Bob zu haben – und ihr habt Recht: Es ist megapeinlich. Aber wenn man bedenkt, dass Mums voller Name Roberta Fiorella Santececca Miyamoto lautet, dann ist Bob eindeutig das kleinere Übel, oder?

Mum hat total verrückte Locken, die sie alle naselang färbt, und zwar die gesamte Rot-Orange-Lila-Palette rauf und runter. Sie trägt leuchtend bunte Glitzerkleider, dazu dicke Bikerstiefel und klimpernde Ohrringe. Und das ist nur ihr ganz normales Outfit für eine Shopping-Tour am Samstagnachmittag. Ihr solltet sie erst mal sehen, wenn sie abends ausgeht! Tja, und dann hat sie noch dieses farbige Koi-Tattoo auf dem Rücken. »Koi« ist die japanische Bezeichnung für Karpfen. Aber es hört sich natürlich echt bescheuert an, wenn man jemandem von einem Karpfen auf seinem Rücken erzählt. »Koi« hingegen klingt irgendwie romantisch und spannend. Ich glaube, das Tattoo war damals als Geschenk für Dad gedacht. Mum sagt, es symbolisiert »Kraft und Entschlossenheit«, aber ich glaube eher, dass es irgendetwas Kitschiges bedeutet wie »Ich mag dein kleines Fischgesicht« oder »Dein Herz hängt für immer und ewig an meiner Angel«.

Doch mit Mum hatte meine geniale Idee eigentlich gar nicht so viel zu tun. Dafür umso mehr mit Bella.

Bella ist sechs und hatte Glück: Weil meine Eltern ihren Vorrat an scheußlichen Namen schon für mich aufgebraucht hatten, heißt sie einfach nur Isabella. Und selbst das haben sie noch abgekürzt. Bella ist in einem Mini Cooper geboren, auf dem Weg ins St. George's Hospital. Sie ist einfach so rausgeflutscht. Dad musste völlig überstürzt auf einem Supermarkt-Parkplatz anhalten und sie auf dem Rücksitz entbinden, was ich ehrlich gesagt ziemlich eklig finde … denn wir haben das Auto immer noch! Und ich muss da einsteigen! Natürlich setze ich mich normalerweise nicht nach hinten, da weigere ich mich, aber wenn Nonna (meine Oma) mitfährt, habe ich keine andere Wahl. Bella hingegen liebt diesen Wagen. Sie ist ganz scharf darauf, ihren Freunden und sogar ihren Lehrern bei jeder Gelegenheit zu zeigen, wo sie das Licht der Welt erblickte. Und immer wenn wir mit dem Auto unterwegs sind, zählt sie alle Mini Cooper auf der Strecke, weil sie denkt, dass genau so viele Babys in dem Moment geboren werden. Anders als ich hatte sie also einen ziemlich verrückten Start ins Leben – und ich kann euch sagen: So ging es auch weiter.

Zum Beispiel ist sie total verrückt nach Rosa. Andere Farben nimmt sie gar nicht wahr. Aber glaubt bloß nicht, dass sie deshalb eine süße kleine Märchenprinzessin ist. Absolut nicht. Im Gegenteil. Sie ist herrschsüchtig, eine richtige Mini-Tyrannin. Und sie ist *molto* peinlich (*molto* heißt »sehr« auf Italienisch. 'tschuldigung, aber hin und wieder sprudeln mir die italienischen

Wörter einfach schneller aus dem Mund). Bella wirft sich gerne in Schale, selbst wenn wir nur kurz was im Laden an der Ecke einkaufen sollen. Außerdem überredet sie mich andauernd, mit ihr im Park Enten füttern zu gehen. Sobald wir dann unterwegs sind, bombardiert sie mich mit völlig abstrusen Fragen und quatscht die Enten mit irgendwelchen idiotischen Geschichten zu, so dass man am liebsten zu Hause geblieben wäre. Und wenn sie schlafen geht, bohrt sie in der Nase, nur um anschließend ihre Finger an der Wand abzuwischen – was bedeutet, dass direkt neben ihrem Kopfkissen massenhaft Popel an der Tapete kleben. Ehrlich, das ist in meiner Top-Ten-Liste der ekligsten Dinge aller Zeiten ziemlich weit oben.

So, ich warne euch: Wir nähern uns langsam dem herzzerreißenden Teil unserer Familiengeschichte. Wenn ihr also nicht so auf traurigen Kram abfahrt, dann geht lieber fernsehen oder so.

Alles klar, ihr habt euch fürs Weiterlesen entschieden: Als ich sechs war und Bella eins, ist mein Vater ausgezogen und nie wieder zurückgekommen. Keine Ahnung, warum er das gemacht hat. Vielleicht hatten er und Mum einen richtig fiesen Streit. Vielleicht lagen sie sich auch die ganze Zeit über in den Haaren, ich erinnere mich nicht mehr. Jedenfalls war das dann das Ende vom Lied.

Ich habe keine Ahnung, wo Dad jetzt ist. Ich weiß nicht mal, ob er überhaupt noch lebt, denn er schreibt nicht und ruft auch nie an. Er taucht einfach nicht auf, um … na ja, zum Beispiel zu sehen, wie wir auf dem Schulhof spielen. Oder um sonntags mit uns in den Zoo zu gehen, wie andere Väter es tun. Er schickt uns auch keine Geburtstagskarten, obwohl er doch wissen müsste, wann wir geboren wurden, er war schließlich dabei. Er ist einfach eines Nachts abgehauen und seitdem haben wir ihn nicht mehr gesehen.

Mum mag nicht darüber reden. Und wenn *ich* auf das Thema zu sprechen komme, verzieht sie das Gesicht und sagt, dass es alles ganz furchtbar kompliziert sei und sie es mir erklären würde, wenn ich älter bin. Irgendwie macht dieses Schweigen Dads Abgang seltsam geheimnisvoll … aber nicht spannend-geheimnisvoll, sondern quälend-geheimnisvoll. Selbst *wenn* es schwer zu verstehen ist – ich würde es zumindest gerne *versuchen*, denn völlig im Dunkeln zu tappen ist genauso blöd. Weil man sich dann alles Mögliche zusammenreimt und schnell mal die Fantasie mit einem durchgeht.

Ich meine, vielleicht hat Dad ja immer nur vor seinem Computer rumgehangen und Spiele gespielt, bis Mum ihn eines Tages kurzerhand erwürgt und in die Themse geschmissen hat?

Oder die japanische Mafia hat ihn entführt und gefoltert, weil er sich in ihre streng geheime Website reingehackt hat?

Vielleicht irrt er auch mit einer riesengroßen Beule am Kopf und ausgelöschtem Gedächtnis durch die Gegend und versucht verzweifelt seine Erinnerungen zurückzugewinnen.

Oder er ist mit Miss Cronin durchgebrannt, meiner Lehrerin aus der zweiten Klasse, die auffälligerweise zur gleichen Zeit verschwunden ist. Es heißt, sie hätte die Schule gewechselt, aber wer weiß?

Vielleicht war er aber auch einfach nur kalt, herzlos und unfähig zu lieben und hat sich für den Rest seines Lebens in eine Höhle zurückgezogen, in der er jetzt als miesepetriger, verhutzelter Verrückter haust wie Gollum aus *Der kleine Hobbit.*

Aber wahrscheinlich ist es in Wirklichkeit nicht halb so aufregend, wie ich es mir abends im Bett manchmal ausmale.

Einmal wollte ich ihn googeln, aber ich war mir nicht sicher, ob irgendeines der Suchergebnisse tatsächlich etwas mit Dad zu tun hatte. Irgendwie hat mir die ganze Aktion Angst gemacht und dann ist auch noch Mum ins Zimmer gekommen und da hab ich *veloce* das Fenster geschlossen. Bei meiner heimlichen Recherche hab ich mich so mies gefühlt, dass ich es nicht noch einmal versucht habe. Keine Ahnung, was ich überhaupt unternommen hätte, wenn meine Suche erfolgreich gewesen wäre. Er ist ja nicht gerade mein Held oder so. Im Gegenteil: Ich bin ziemlich sauer auf ihn, wie ihr euch denken könnt.

Ich kann einfach nicht verstehen, dass wir ihm so völlig egal sind. Er muss sich doch fragen, wie es uns geht oder wie groß wir inzwischen sind. Wenn ich manchmal die Straße entlanglaufe, schaue ich über die Schulter, um zu sehen, ob er mir mit dunkler Tarnsonnenbrille folgt. Oder ich werfe einen prüfenden Blick auf die Bäume im Park – könnte ja sein, dass er hinter einem Stamm hervorlugt, um sich zu vergewissern, dass es mir gut geht.

Aber am schlimmsten ist es, wenn ich japanische Männer in der U-Bahn sehe. Die starre ich alle an und frage mich, ob einer von ihnen vielleicht Dad ist. Natürlich weiß ich von Fotos, wie mein Vater aussieht, aber er könnte sich ja verändert haben. Vielleicht trägt er jetzt einen Spitzbart, ist dicker und größer geworden und hat sich die Nase umoperieren lassen. Doch meistens kann ich ziemlich schnell ausschließen, dass er es ist. Zum Beispiel wenn es sich bei dem Typ, den ich anstarre, um einen Siebzigjährigen handelt oder jemanden, der kein Englisch versteht. Denn ich weiß ja, dass Dad fünfunddreißig ist und sehr gut Englisch spricht.

Als Dad sich aus dem Staub machte, hat er ein riesiges schwarzes Loch in mir hinterlassen. Wie die Schwarzen Löcher oben im Weltall. Eine dunkle, dichte Spirale, die sich lautlos dreht und dabei alle guten Dinge einfach einsaugt und verschlingt. Ich kann gar nicht sagen, warum mir Dad so fehlt, schließlich habe ich fast mein halbes Leben ohne ihn verbracht. Aber es gibt wirklich Zeiten, in denen mich das schwarze Loch von innen zermalmt. Zum Glück kommt das nicht allzu oft vor.

Trotzdem ist das Ganze *molto* traurig, aber das lässt sich nun mal nicht ändern. Nichts ist perfekt im Leben, sagt meine Mutter an dieser Stelle gerne.

So, und jetzt, wo ihr ein wenig Bescheid wisst, kann ich euch endlich erzählen, wie ich auf meine geniale Idee gekommen bin und wie diese ganze verrückte Geschichte anfing.

Zwei - Due - Ni

Es war der letzte Tag der Sommerferien. Ab dem nächsten Morgen würde ich auf die Spit-Hill-Highschool gehen. Ich kann nicht behaupten, dass ich besonders scharf auf die Highschool war. Dort gab es massenhaft ältere Schüler, ziemlich laute und einschüchternde Typen – ich hatte sie schon oft aus dem Schultor strömen und an der Bushaltestelle warten sehen. Dabei sahen die Mädchen sogar noch gefährlicher aus als die Jungs. Brrr, und in ein paar Stunden musste ich selbst durch dieses Schultor spazieren. Ich hatte echt eine Heidenangst. Vielleicht bin ich deshalb überhaupt erst auf meine supergeniale Idee gekommen. Panik kann einen ja auf die seltsamsten Gedanken bringen.

Jedenfalls bat mich Mum an diesem letzten Ferientag Bella von der Geburtstagsfeier einer Freundin abzuholen. Es war nicht weit, nur ein paar Straßen hinter dem Park. Den ganzen Weg über habe ich mich verrückt gemacht wegen all der Katastrophen, die in der neuen Schule passieren konnten. Was, wenn mich dort keiner mochte? Wenn alle Freunde finden würden – nur ich nicht?

In der Primary School waren von achtundzwanzig Kindern in meiner Klasse nur zwölf Mädchen gewesen. Die waren alle ganz okay, aber richtig gute Freundinnen waren es nicht. Wahrscheinlich hatte ich nur deshalb so viel Zeit mit ihnen verbracht, weil ich keine andere Wahl gehabt hatte. Keine von ihnen interessierte sich zum Beispiel für Kunst und Zeichnen. Die Jungs waren total nervig gewesen und die drei halbwegs erträglichen Typen kamen auf andere Schulen. Es war also superwichtig für mich, dass diese ganze Highschool-Geschichte kein Reinfall wurde. Ich brauchte dringend neue Freunde.

Weil es ein kompletter Neustart war – neue Schule, neue Mitschüler und alles –, spielte ich auf dem Weg zu Bellas Freundin kurz mit dem Gedanken, mich am nächsten Morgen als jemand ganz anderes auszugeben. Ich könnte zum Beispiel so tun, als sei ich ein adoptiertes Waisenkind aus Korea. Oder die Tochter eines bekannten Rockstars aus Los Angeles, wo ich sämtliche Sommerferien verbrachte und mich an unserem herzförmigen Swimmingpool aalte. Aber das würde wahrscheinlich auffliegen, denn auf die Highschool gingen auch Kinder aus meiner alten Schule. Und dann würden sich alle über mich totlachen. Nein, ich musste unter allen Umständen einen guten Eindruck machen. Verpatzte man seinen ersten Schultag, machte man sich für die nächsten fünf Jahre zum Gespött der ganzen Schule.

Fast hätte ich das Haus von Bellas Freundin übersehen, so sehr war ich am Grübeln. Meine kleine Schwester hingegen konnte ich gar nicht übersehen, als ich erst mal drinnen war. Mit ihrem bauschigen quietschrosa Geburtstagskleid, den weißen Lackschuhen und rosa-weißen Schleifen im Haar sah sie aus wie ein gigantischer Marshmallow auf zwei Beinen. Wirklich schwer zu glauben, dass wir verwandt waren. Ihre Zöpfe hüpften wild und sie war von oben bis unten mit Schokolade vollgeschmiert: am Mund, ihrem Kleid, einfach überall.

Ich hatte nicht die geringste Absicht, ihre Schokofinger anzufassen, deshalb fragte ich die Mutter ihrer Freundin, ob ich Bella noch sauber machen könnte. Im Ernst, ihr hättet diese klebrigen Hände auch nicht berühren wollen! Aber vielleicht hab auch nur ich da so eine Macke. Ich und Schmierkram, das geht einfach nicht zusammen.

Nachdem ich Bella, die sich wand wie ein Aal, so gut es ging die Hände gewaschen hatte, bat ich sie draußen vor der Badezimmertür zu warten, weil ich, na, ihr wisst schon, noch kurz aufs Klo musste.

Als ich wieder rauskam, stand sie weinend da und rieb sich den Kopf.

»Was ist passiert?«, fragte ich.

»Tommy Pyke … der ist so blöd«, schniefte sie. »Der wollte die Treppe rauf, hat mich umgerannt und da hab ich mir den Kopf an der Wand gestoßen.«

Tommy Pyke war erst sieben oder so, aber er war *molto* aggressiv und bei jeder sich bietenden Gelegenheit fies zu Bella. Beim ersten Mal – da war er gerade ganz neu auf unserer Schule – hat er sie an den Haaren gezogen, so heftig, dass sie heulen musste. Seitdem lässt er sie nicht mehr in Ruhe. Er schubst sie auf dem Schulhof, stellt ihr ein Bein oder klaut Stifte aus ihrer Federtasche und bewirft damit andere Kinder.

Als wir jetzt zur Haustür gingen, um uns zu verabschieden, sah ich ihn grinsend hinter der Küchentür hervorlugen. Ich nahm Bella bei der Hand und warf ihm meinen stinkigsten Blick zu, einen richtigen Hassblick. Bei Bella funktioniert der normalerweise, aber Tommy Pyke streckte mir bloß die Zunge raus und zischte ab.

Hand in Hand machten wir uns auf den Nachhauseweg. Leider war Bella immer noch ganz klebrig. Nach einer Weile kamen wir am Spielplatz vorbei, wo wir einen Mann am Sandkastenrand sitzen sahen, der mit seiner Tochter spielte. Die Kleine war ungefähr zwei. Sie ließ Sand aus einer Plastiktasse rieseln und plapperte mit sich selbst – was bei jemandem in meinem Alter wahrscheinlich ziemlich bekloppt ausgesehen hätte. *Molto stupido.* Ich stellte mir das gerade bildlich vor, als Bella plötzlich stehenblieb. Wie angewurzelt stand sie da und starrte das kleine Mädchen und ihren Dad an. Meine Hand hielt sie fest umklammert.

Nach einer Weile versuchte ich sie weiterzuziehen, aber sie rührte sich nicht vom Fleck.

»Bella«, sagte ich. »Komm jetzt, ja?«

Doch Bella reagierte nicht.

Das Mädchen kletterte auf ihrem Papa herum und hinterließ dabei sandige Fußabdrücke auf seiner Hose. Mich hätte das genervt, aber ihn schien es kein bisschen zu stören. Schließlich ließ sich die Kleine auf seinen Schoß plumpsen und lehnte ihren Kopf an seine Brust, woraufhin er die Arme um sie schlang und ihr über die Haare streichelte.

Bella glotzte immer noch. Und mir blieb nichts anderes übrig, als zu warten. Ich konnte ja schlecht alleine weitergehen, denn ich hatte Mum hoch und heilig versprochen, Bellas Hand den ganzen Weg über nicht loszulassen. Und ich wusste, dass Mum das stichprobenartig kontrollierte. Also beobachteten wir den Mann und seine Tochter, was ganz schön bescheuert war, wenn man mal darüber nachdenkt. Und tatsächlich schaute der Mann irgendwann hoch, mit so einem fragenden »Was ist?«-Ausdruck, aber er sagte nichts.

Ich warf einen Blick auf Bella. Und da sah ich, wie eine dicke, fette Träne aus ihrem linken Auge quoll, in Zeitlupe über ihre Wange lief und schließlich vom Kinn auf das Marshmallow-Kleid tropfte. Dicht gefolgt von einer Träne aus dem rechten Auge.

Mir war sofort klar, was Bella in diesem Moment dachte: dass sie selbst nicht bei ihrem Daddy auf dem Schoß sitzen konnte, weil sie keinen Daddy hatte.

»Komm, Bella, lass uns gehen«, sagte ich und wir trotteten schweigend nach Hause.

In der Wohnung war alles ruhig. Mum hatte einen Abgabetermin, deshalb arbeitete sie im Wohnzimmer an ihrem Laptop. Sie rief uns zu, wir sollten uns etwas zu trinken nehmen, bis sie fertig wäre, aber Bella verschwand wortlos in ihrem Zimmer und ich in meinem. Ich hatte nicht mal Lust zu zeichnen – was ich sonst eigentlich ständig mache, vor allem wenn es mir nicht gut geht. In dem Moment aber konnte ich nur auf meinem Bett liegen und an die Decke starren.

Mein Zimmer ist ziemlich klein, aber zumindest muss ich es nicht mit Bella teilen. Unter dem Fenster steht mein Schreibtisch mit den Zeichenutensilien – mein absolut liebster Platz auf der ganzen weiten Welt. An der rechten Wand stehen mein Bett, eine Kommode und ein kleiner Kleiderschrank. Die Wände sind hellblau gestrichen und mein Bettzeug ist mit Tausenden von kleinen Sternchen bedruckt. An die Zimmerdecke habe ich Planeten und Kometen geklebt, die leuchten, wenn ich das Licht lösche. Ich liebe mein Zimmer, wirklich, aber als ich so auf meinem Bett lag und nach oben starrte, half mir das auch nicht weiter. Ich fühlte mich kein Stück besser.

Als Mum mit ihrer Arbeit fertig war, rief sie uns zum Essen. Sie hatte Rührei gemacht, aber die glitschigen Klumpen auf unseren Tellern sahen eher aus wie feuchtes Toilettenpapier. Bella und ich hockten an dem kleinen Küchentisch und starrten auf das Essen. Keine von uns beiden hatte Hunger. Mum ahnte wohl, dass irgendetwas nicht stimmte, weil wir so still waren. Und Stillsein ist, zumindest für Bella, so ziemlich das Untypischste überhaupt.

Nach einer Weile sagte Mum: »Ach, kommt schon, so schlecht sind die Eier nun auch nicht.«

Aber es lag nicht am Essen.

Ausnahmsweise mal nicht.

Ich sah Bella an. Die stierte mit zusammengepressten Lippen auf ihren Teller, als würde sie jeden Moment in Tränen ausbrechen.

Und obwohl Bella eine entsetzliche Nervensäge ist, tat sie mir plötzlich leid. Meine kleine Schwester hatte das schwarze Loch nicht nur entdeckt, sondern mitten hineingeschaut. Sie wusste jetzt, wie sich die dunkle, wirbelnde Spirale anfühlt. Der Mann auf dem Spielplatz hatte ihr ziemlich deutlich vor Augen geführt, was ich schon die ganze Zeit wusste: dass etwas fehlt. Dass da, wo eigentlich unser Vater sein sollte, einfach nur ein großes schwarzes Nichts ist. Dass jemand, den wir geliebt und dem wir vertraut hatten, uns verlassen hatte und nie zurückkehren würde.

Ihr könnt euch wahrscheinlich vorstellen, dass einen so was ganz klein machen kann. Aber ich wollte mich nicht klein fühlen. Es war schon schlimm genug, als fast Zwölfjährige Klamotten für Neun- bis Zehnjährige tragen zu müssen.

»War Mollys Geburtstagsparty so schrecklich?«, fragte Mum, langte mit der Hand über den Tisch und hob Bellas Kinn an. »Hat ihre Mutter euch in den Kleiderschrank gesperrt? Hm, eigentlich gar keine schlechte Idee. Könnten wir bei deinem Geburtstag auch machen, Bella.«

Weder Bella noch ich lachten. Ich wusste, dass Bella auch an das kleine Mädchen auf dem Spielplatz dachte. An das kleine Mädchen, das einen Vater hatte, und wir nicht.

Bestimmt liebte der Vater seine Tochter heiß und innig und kümmerte sich um sie. Sorgte dafür, dass sie nicht von fiesen Jungs geärgert wurde. Und wenn sie später auf die Highschool kam, sagte er ihr bestimmt, was sie tun musste, um einen guten Eindruck zu machen. Wahrscheinlich kaufte er ihr dann auch ein richtig cooles Smartphone, damit sie nicht wie ein Steinzeitmensch herumlief. (Väter machen so was. Mütter dagegen sitzen immer ziemlich auf ihrem Geld, zumindest wenn sie so gestrickt sind wie meine.)

Wie ungerecht das doch alles war!

Am Ende gab Mum alle Versuche auf, ihre Gummirühreier in uns hineinzustopfen, und trug unsere Teller zur Spüle.

»Was ist los, Amber?«, fragte sie, als Bella aufs Klo ging. »Ist irgendwas passiert, das ich wissen sollte?«

»Äh … nee … nicht wirklich. Wir haben … wir haben auf dem Rückweg nur was gesehen, das … das ein bisschen traurig war. Äh, einen toten Hund.«

Mum sah mich argwöhnisch an. »Wenn es irgendein Problem gibt, dann kannst du mir das sagen, das weißt du doch, oder?«

»Ja, weiß ich.«

Leider konnte ich ihr *dieses* Problem hier unmöglich anvertrauen. Sie würde nur ein megamäßig schlechtes Gewissen bekommen und sich hundeelend fühlen. Also stand ich wortlos auf und ging zurück in mein Zimmer.

Drei – Tre – San

Bevor Bella schlafen ging, klopfte sie noch einmal an meine Tür. Ich war gerade dabei, meine Skizzenstifte anzuspitzen, was ich echt häufig machen muss, weil ich leider diese genialen Druckbleistifte noch nicht besitze. Von Kopf bis Fuß in Rosa gehüllt trat Bella in mein Zimmer: rosa Hello-Kitty-Nachthemd, rosa Hello-Kitty-Bademantel, rosa Hello-Kitty-Hausschuhe. Es ist mir wirklich ein absolutes Rätsel, wie man Hello Kitty toll finden kann. Okay, ich weiß, dass es japanisch ist und *kawaii* sein soll, also niedlich und all so was, weshalb ich es eigentlich auch mögen müsste … Aber mal ganz im Ernst: Letztlich ist es doch nichts weiter als ein blöder Comic-Katzenkopf. Warum wird da so ein Wirbel drum gemacht?

Bella hielt die Hände hinter ihrem Rücken verborgen, als würde sie dort irgendetwas verstecken. Sie sah eindeutig fröhlicher aus als auf dem Nachhauseweg. Schließlich holte sie ihre Arme hervor und reichte mir einen zugeklebten Umschlag.

»Was ist das?«, fragte ich und legte den Anspitzer auf den Tisch.

»Kannst du den morgen für mich einwerfen?«

Ich betrachtete die Vorderseite des Umschlags. Nichts. Leer.

»Aber da steht ja gar nichts drauf.«

»Äh … nee.«

»Für wen ist er denn?«

»Das geht dich gar nix an, Frau Oberneugierig.«

»Äh … okay. Aber du willst … dass ich ihn für dich einwerfe? In den Briefkasten?«

»Da wirft man Briefe ja wohl rein, oder?«

»Aber woher soll der Briefträger wissen, wem er den Brief bringen soll, wenn kein Name draufsteht?«

»Oh«, sagte sie und runzelte die Stirn.

Dann legte sie sich bäuchlings auf den Boden und schrieb drei Wörter auf den Umschlag: FÜR MEINEN DAD. Immerhin benutzte sie dafür keinen meiner Stifte, sondern ihren roten Buntstift aus dem Ein-Pfund-Shop.

Ich sah sie an.

»Bella …«

»Pst«, sagte sie. »Wirf ihn einfach ein, okay?«

»Aber da fehlt die Adresse …«

»Die wird der Briefträger schon wissen. Der kennt alle Adressen.«

»Aber bestimmt nicht die von Dad. Niemand weiß, wo er wohnt. Nicht mal Mum.«

»Hm, habe ich nicht gerade ›pst‹ gesagt? Ich weiß genau, dass ich gerade ›pst‹ gesagt habe. Also, wirfst du ihn nun für mich ein? Biiitte, Amber.«

Ich seufzte. Was sollte ich dazu sagen? Sie war noch so klein. Sie würde es nicht verstehen. Also nahm ich den Brief, damit sie nicht wieder traurig wurde, und legte ihn auf meinen Schreibtisch.

Schon klar, ich hätte es nicht tun sollen, und wahrscheinlich verstößt es auch gegen das Gesetz und alles, aber kaum war Bella draußen, öffnete ich den Umschlag.

Da stand:

Liber Dad,

ich heise Bella unt ich bin deine tochta. Meine Gebustaksfeia ist Sontag 16. Septemba und ich möchte sehr gern das du komst. Ich möchte auch das du mit mir im Park spilen gehst und mich auf der schaukel anschuppst.
Bite kom nach hause.

Küschen von Bella

PS: Bite kauf mir eine lilane Swatch Uhr und ein Glizzaperlnset für mein Gebustak.

Ich hatte keinen blassen Schimmer, was ich jetzt tun sollte, aber eins war klar: Ohne Adresse konnte ich den Brief nicht einwerfen. Also verstaute ich ihn erst mal an meinem Geheimplatz. Wenn man die unterste Schublade der Kommode ganz herauszieht, sieht man einen Hohlraum zwischen Fußboden und Schublade. Dort verstecke ich meine heiligsten Heiligtümer. Die Münze zum Beispiel, die ich mal im Hyde Park gefunden habe und die garantiert von den Römern oder den Wikingern oder so stammt. Eines Tages werde ich sie verkaufen und auf einen Schlag steinreich sein. In dem Hohlraum lagern noch viele andere coole Sachen, aber auch ein paar peinliche. Zum Beispiel die Schlüsselanhänger, die ich mit sieben oder so geflochten habe. Oder Valentinskarten, die Mum mir geschickt hat. Zeug halt, an dem man irgendwie hängt, das aber niemand je zu Gesicht bekommen soll. Bellas Brief passte zwar nicht wirklich in diese Heiligtümersammlung, aber wo sonst sollte ich ihn hintun?

In dem Geheimfach liegt übrigens auch ein Foto, auf dem Dad mich als Baby auf dem Arm hält. Ich hab's mir irgendwann aus Nonnas Album stibitzt. Dort kleben eine ganze Reihe Fotos von Dad, aber ich wollte eins für mich alleine. Eins, auf dem nur wir beide drauf sind. Als Beweis dafür, dass Dad tatsächlich existiert hat, dass ich wirklich mal bei ihm auf dem Arm war – und er dabei auch noch stolz aussah. Aber letztlich schaue ich mir das Bild gar nicht so oft an, denn es macht mich sauer. Ich weiß, dass es eigentlich sinnlos ist, es zu behalten, aber egal – es gibt viele sinnlose Dinge. Wenn alles auf der Welt einen Sinn ergeben würde, dann hätte Dad uns gar nicht erst verlassen dürfen.

Plötzlich klopfte es wieder an der Tür. Blitzschnell schob ich die Schublade zu.

»Moment … okay, kannst reinkommen.«

Bella steckte ihren Kopf durch den Türspalt.

»Was glaubst du, wann er ihn kriegt?«, fragte sie.

»Na ja, erst mal müssen sie ihn finden. Das wird nicht ganz leicht sein, weißt du. Manchmal braucht eine ganze Armee von Detektiven mehrere Monate, um einen vermissten Menschen aufzuspüren.«

Sofort kam Bella wieder rein. »Oh«, sagte sie und dann stand sie einfach nur da, die Füße einen Tick nach innen gedreht, einer auf dem anderen, als würden ihre Zehen miteinander kuscheln.

»Glaubst du, dass er ihn noch vor meinem Geburtstag kriegt?«

»Keine Ahnung, Bella. Glaube ich eher nicht. Aber wenn er ihn durch irgendeinen verrückten Zufall doch bekommt, dann schaut er ganz bestimmt auf deiner Feier vorbei.«

Bella löste ihre Zehen aus der Kuschelstellung und stemmte die Hände in die Hüften. »Amber?«

»Hmmm?«

»Woher weißt du denn, dass ich Dad zu meiner Geburtstagsparty eingeladen hab?«

Uuuups.

»Äh … das liegt doch auf der Hand. Du hast eben selbst gefragt, ob er den Brief noch vor deinem Geburtstag kriegt.«

»Oh«, machte sie noch einmal mit gerunzelter Stirn. »Hm, stimmt.«

Und schon tappte sie wieder zurück in ihr Zimmer.

Zu dem Zeitpunkt war der Brief aber gar nicht mein größtes Problem. Ich war so aufgeregt wegen der neuen Schule, dass an Schlaf absolut nicht zu denken war. Und wenn man nicht schlafen kann, fängt das Gehirn irgendwann an heiß zu laufen, weil die Gedanken nur so umherwimmeln. Zumindest ist es bei mir so. Und daher machte mein Gedankenkarussell dann doch irgendwann bei Bella und ihrem Brief halt.

Das klingt jetzt gemein, aber es hat wirklich Zeiten gegeben, da habe ich mir gewünscht, dass Bella nicht meine Schwester ist. Auf der anderen Seite hatte sie es im Moment natürlich echt nicht besonders leicht – nachdem sie das große schwarze Loch entdeckt hatte, genau da, wo eigentlich Dad sein sollte. Und je länger ich darüber nachdachte, umso mehr reifte in mir der Gedanke, dass ich ja vielleicht doch etwas für sie tun konnte. Dass ich meiner kleinen Schwester mit einer schnellen kleinen Lösung jahrelange Qualen ersparen konnte.

Die Sache schien mir ganz unkompliziert: Ich müsste ihr einfach nur zurückschreiben und mich dabei als Dad ausgeben. Damit sie sich besser fühlte, ihr wisst schon.

Und *paff*, da war sie: die genialste Idee, die ich jemals hatte. Ein wahrer Kugelblitz von einer Idee.

Vier - Quatrro - Shi

Ich schloss meine Zimmertür und machte das Licht aus. Dann knipste ich die Taschenlampe an und fühlte mich gleich viel geheimnistuerischer. Und irgendwie auch ganz konzentriert, zielstrebig: Ich hatte eine Mission.

Ich zog die Schuhe aus und setzte mich auf mein Bett, in der Hand ein Blatt Papier mit irgendeiner uralten Skizze auf der Rückseite. Ich wollte den Brief erst mal vorschreiben und anschließend auf ein sauberes Blatt übertragen, denn ich würde ihn bestimmt nicht gleich im ersten Anlauf hinkriegen. Nach Schmierpapier musste man bei mir nicht lange suchen. Habe ich schon erwähnt, dass mein ganzes Zimmer vollgestopft ist mit Kritzeleien und Zeichnungen? Ich zeige sie niemandem, aber natürlich kriegt Mum die eine oder andere zu Gesicht, wenn sie putzt oder Klamotten wegräumt.

Ich zeichne eigentlich rund um die Uhr. Ich mache nichts lieber auf der Welt, aber es ist eine ziemlich persönliche Angelegenheit. Deshalb mag ich meine Bilder auch nicht herumzeigen. Das käme mir so vor, als würde ich die anderen damit um ihre Meinung bitten. Und dann brechen die sich womöglich einen ab und heucheln, wie gut sie ihnen gefallen und dass sie wahnsinnig gerne noch mehr sehen würden. Dabei ist es mir eigentlich ziemlich egal, was irgendwelche Leute darüber denken. Oder vielleicht ist es mir doch nicht egal – und ich mache deshalb so ein Geheimnis draus. Aber wie auch immer, was ich eigentlich sagen will: An Schmierpapier mangelt es in meinem Zimmer nicht.

Ich versuchte mich in die richtige Stimmung für den Brief zu bringen, indem ich meine Gedanken zu Dad schweifen ließ. Wie sonst sollte ich herausfinden, was ich schreiben sollte? Doch mein Kopf war völlig leer. Also holte ich das Foto aus dem Versteck unter der Schublade hervor. Vielleicht würde das meinem Gedächtnis auf die Sprünge helfen. Tat es aber nicht. Sosehr ich mich auch anstrengte, mir fiel einfach nichts zu ihm ein.

Zwar erinnerte ich mich vage daran, wie es war, ihn damals um uns zu haben, aber Details kamen mir nicht in den Sinn. Weder sein Gesicht noch der Klang seiner Stimme.

Ich erinnerte mich weder daran, wie er mit mir gespielt hatte oder zu irgendwelcher Musik durchs Haus getanzt war, noch an die Form seiner Hände. Oder daran, wie es sich angefühlt hatte, auf seinem Schoß zu sitzen.

Meine Erinnerung war nicht viel mehr als ein schemenhafter Umriss von ihm. Aber merkwürdigerweise fühlte sich das irgendwie gut an, fast wie eine kleine Rache: Alles, was mich an ihn erinnerte, war ein schnödes Foto. Und falls er nicht doch eines Tages zurückkam, würde es dabei bleiben.

Das war ja wohl wirklich nichts, worauf man als Vater stolz sein konnte.

Gewissermaßen hatte ich bei dem Brief also freie Hand und konnte Dad in den Mund legen, was ich wollte.

Ich warf mich auf mein Bett. Wenn ich dort lag und an die Zimmerdecke starrte, kamen mir immer die besten Einfälle. So wie die Idee zu leuchtenden Bleistiftminen für Leute, die spätnachts noch zeichnen wollen. Oder die zu einem blinkenden Schild für die Stirn, das je nach Stimmungslage die Farbe wechselt und deshalb nervige Nachfragen von Mitmenschen überflüssig macht. Auch meinen ganz persönlichen Zeichenstil habe ich auf dem Bett entwickelt. Er ist inzwischen eine Art Markenzeichen von mir geworden: Skizzen und Cartoons in einem bunten Neben- und Ineinander und oben drüber eine zarte Schicht Airbrush. Eine ganz neue Kunstform, die mich irgendwann weltberühmt machen wird, hundertpro. Künstler auf allen fünf Kontinenten werden mich lieben, weil meine brillanten Ideen ihnen das Leben erleichtern. Ich werde Millionen verdienen und mir als Erstes eine gläserne Zimmerdecke kaufen, damit ich von meinem Bett aus direkt in den Sternenhimmel schauen kann. Was mir natürlich noch mehr geniale Ideen bescheren wird.

Aber das nur nebenbei.

Nach ein paar Versuchen war ich zufrieden mit meinem Entwurf und kopierte ihn auf ein sauberes Blatt Papier.

Liebe Bella,

leider kann ich nicht zu Deiner Geburtstagsfeier kommen, weil ich auf einer geheimen Mission bin. Worum es sich dabei handelt, kann ich Dir nicht verraten, das wäre zu gefährlich. Nur so viel: Es hat etwas mit der Rettung des Landes zu tun

und ist deshalb ziemlich wichtig. Ich darf leider auch nicht sagen, wo ich mich aufhalte. Aber eines fernen Tages, wenn die Mission erfüllt ist, kann ich vielleicht zurückkommen. Vielleicht klappt es aber auch nicht, deshalb steigere Dich da mal lieber nicht rein.
Ich denke jeden Tag an Euch beide, und wenn ich könnte, würde ich Euch tonnenweise Geschenke kaufen und ein cooles Handy für Amber und solches Zeug.

Ich wünsche Dir einen schönen Geburtstag und drück Dich

Dad

Also, ich fand den Brief gut. Weil er nicht zu dick aufgetragen war. Und weil er Bella nichts vormachte, ihr nichts versprach. Es war einfach ein kleines Lebenszeichen von Dad, damit es ihr besser ging, ohne dass sie sich gleich Hoffnungen machte.

Ich faltete das Blatt, schob es unter mein Kopfkissen und legte mich wieder hin, ein Wahnsinnsglücksgefühl im Bauch.

Ich war echt genial.

Irgendwann würde man mir noch den Friedensnobelpreis oder eine Heldenmedaille oder so verleihen.

Ich war eine lebende Legende.

Fünf – Cinque – GO

Meine Freude währte nicht lange. Als ich aufwachte und mir einfiel, dass mein erster Tag auf der Spit Hill bevorstand, wurde mir augenblicklich schlecht. Widerwillig zog ich meine neue Schuluniform an. Die war total kratzig und viel zu groß, obwohl wir schon das allerkleinste Exemplar gekauft hatten. Ich schrubbte mir dreimal hintereinander die Hände, richtig gründlich bis zu den Handgelenken, und schnappte mir die kleine Flasche Desinfektionsgel aus dem Badschrank. Für alle Fälle. Dann steckte ich mein Federmäppchen, in dem jeder einzelne Stift mit meinem Namen versehen war, in die genauso sorgfältig gekennzeichnete Schultasche. Mal im Ernst: Hätte irgendjemand Amber Miyamoto entführen wollen, es wäre keine Verwechslung möglich gewesen.

Mum bestand darauf, mich mit dem Bus zur Schule zu begleiten, was *molto* peinlich war. Sie wollte mir unbedingt zeigen, wo ich aussteigen musste und so. Deshalb war Nonna extra vorbeigekommen, um Bella aus dem Bett zu scheuchen und zur Schule zu bringen, was die Sache für mich noch stressiger machte: Bevor ich das Haus verließ, küsste Nonna mich mindestens hundert Mal, als wollte sie meinen Kopf wegsaugen. Und dann knipste sie auch noch ohne Ende Fotos von mir in meiner neuen Uniform, wobei sie sich ein ganzes Tränenmeer aus den Augen wischen musste. Sie ist eben eine waschechte Italienerin.

Mum hatte sich für die erste Fahrt zu meiner neuen Schule extra eine rot-lila gestreifte Strickjacke mit dicker Fellkapuze angezogen, unter der ihre Korkenzieherlocken hervorquollen. Ich hätte mich am liebsten so weit wie möglich von ihr weggesetzt, aber sie hatte mich untergehakt, als wäre ich ihre beste Freundin. Irgendwann habe ich ihren Arm dann aber doch abgeschüttelt, weil die anderen Kinder schon glotzten und kicherten.

»So, hier ist deine Haltestelle, gegenüber von der Tankstelle. Da wirst du dich morgen doch dran erinnern, oder?«, fragte Mum beim Aussteigen.

»Klar.«

»Soll ich dich noch bis zum Tor bringen?«

»Wenn du das machst, Mum, sprech ich kein Wort mehr mit dir. Ich mein's ernst.«

»Führe mich nicht in Versuchung«, grinste sie. Dann zupfte sie an meinem Blazerkragen herum und sagte: »Oooh, meine süße kleine Tochter in ihrer neuen Schuluniform. Jetzt geht sie schon auf eine Schule für Große!«

»Mensch, Mum, jetzt halt doch mal den Mund.«

»Na gut, dann zisch mal ab. Viel Glück! Und pass auf, dass du nicht aus Versehen ins Klo fällst oder so.«

Also echt, anstatt mir mit blöden Sprüchen zu kommen, sollte sie mir lieber ein anständiges Handy kaufen. Eines, mit dem ich halbwegs ernst genommen würde. Und mit dem man sich von morgens bis abends Nachrichten über WhatsApp schicken und auf Instagram Fotos posten konnte. Ich kam mit meiner alten Möhre ja noch nicht mal ins Internet. SMS schreiben und anrufen, mehr ging nicht. Dass ich mit diesem Handy die Lachnummer der siebten Klasse werden würde, war vorprogrammiert. Eine lebenslange Peinlichkeit, die Mum mir mit einem kurzen Gang zum Telefonladen ersparen könnte. Aber nein, auf die Idee kam sie natürlich nicht. Dabei hatte ich sogar noch fünfzig Pfund Geburtstagsgeld. Zwar wollte ich mir davon noch einige Zeichenutensilien kaufen, aber den Rest hatte ich für ein neues Telefon zurückgelegt. Na ja, wahrscheinlich bräuchte ich mindestens noch mal fünfzig Pfund, um mir das Smartphone leisten zu können, das ich mir ausgeguckt hatte.

Als ich jetzt das Hauptgebäude betrat, fragte ich mich, ob ich es jemals wieder lebend verlassen würde. Was nützte es mir, ein eigenes Monatsbusticket und eine elektronische Mensakarte zu besitzen, wenn man mich bereits am ersten Schultag auf kleiner Flamme grillte und verspeiste?

Aber zum Glück stellte sich heraus, dass außer uns Siebtklässlern an diesem Tag nur einige Schüler aus der Oberstufe anwesend waren. Für alle anderen begann der Unterricht erst am nächsten Tag – eine Rücksichtsmaßnahme, um uns nicht gleich zu verschrecken.

In der Begrüßungsveranstaltung erspähte ich Louise Newman, Melissa Atkinson und noch ein paar andere aus meiner alten Schule, aber nur Ben Haynes war in meine Klasse gekommen. Und noch etwas offenbarte mein schweifender Blick: Ich war mal wieder mit Abstand die Kleinste im Jahrgang. Konnte jetzt nicht bitte eine gute Fee vorbeikommen? Dann hätte ich mir nämlich rasch jemand noch Kleineren herbeigewünscht.

Den Großteil des Vormittags verbrachten wir mit oberpeinlichen Kennenlernspielen. Ich unterhielt mich mit einem Mädchen namens Lulu Higgins, einer gewissen Sejal Shah, einem Jungen namens Hector und einigen anderen, deren Namen ich mir nicht merken konnte. Leider war niemand dabei, der plötzlich aufsprang und sagte: »Oh mein Gott, endlich. Ich hab dich gefunden! Lass uns beste Freundinnen sein, bis wir alt und runzlig sind und Tagesausflüge an die Küste machen und irgendwann am selben Tag sterben.« Was ich mir insgeheim ein wenig erhofft hatte.

Aber schließlich hängte sich doch ein Mädchen an mich ran. Sie hieß Chloe Cain und war total quirlig und giggelig und hyperaufgekratzt. Außerdem war sie einen Kopf größer als ich, hatte feuerrote Haare, haufenweise Sommersprossen und total schiefe Zähne.

»Wow, du bist ja echt winzig«, sagte sie. Eigentlich nicht gerade der Superstart in eine neue Freundschaft. Ich war ziemlich geladen. »Da ist ja sogar mein Bruder größer, und der ist erst neun«, legte sie nach. »Bist du sicher, dass du schon auf die Highschool gehen darfst? Oder hast du vielleicht die sechste Klasse übersprungen oder so was?«

»Nein, ich bin einfach klein.«

»Hm. Und du siehst irgendwie auch ein bisschen chinesisch aus.«

Das war das zweitgrößte Fettnäpfchen, in das man bei mir treten konnte. Und sie hatte es voll getroffen.

»Ich bin Halbjapanerin.«

»Wow, das ist ja cool! Kannst du was auf Japanisch sagen?«

Oh Mann, wie ich diese Frage hasse! Zwar habe ich mir mit dem Google-Übersetzungsprogramm selber ein paar Brocken beigebracht, aber eher nach dem Zufallsprinzip: Wörter wie *kawaii* (niedlich), *baka* (dumm) oder *ohio gozimassu* (Guten Morgen). Und natürlich kenne ich den Lieblingssatz meiner Mutter auf Japanisch: *monku o itte mo hajimaranai desyo* (Jammern hilft nicht). Na ja, zählen kann ich noch. Aber das war's auch schon.

Deshalb servierte ich meine Standardantwort auf diese Frage: »Sushi.«

Woraufhin Chloe Cain sich schlapplachte und beschloss, mir ihre Lebensgeschichte zu erzählen. Haarklein und vom Tag ihrer Geburt an. Sie war nett und alles, aber ich war mir nicht sicher, ob ich mich richtig mit ihr anfreunden wollte, denn sie hatte einen rosa Schulrucksack mit dazu passender Federtasche. Ich weiß, das klingt oberflächlich und so, aber sie trug obendrein noch einen »I love Justin Bieber«-Button an ihrer Jacke, und den Typen konnte ich nun absolut nicht ausstehen. Deshalb war es irgendwie klar, dass wir nicht die allerdicksten Freundinnen werden würden. Ich versuchte sie möglichst wenig zu beachten, aber in der Pause und beim Mittagessen hüpfte sie unablässig neben mir her, redete wie ein Wasserfall und kicherte alle zwei Sekunden. Leider war es nun auch nicht so, dass ich jemand anderen zum Quatschen gehabt hätte. Deshalb war ich wohl auch ganz froh, dass ich mit ihr essen konnte, trotz rosa Rucksack und Justin-Bieber-Button. *Amber*, ermahnte ich mich, *man soll nicht nach dem Äußeren urteilen*. Vielleicht hatte sie die Sachen ja von ihrer Schwester geerbt, die echt sauer geworden wäre, wenn sie sie nicht getragen hätte. So was konnte man nie wissen.

Als wir mit dem Essen fertig waren, sprang Chloe zum Nachbartisch, um sich den Mädchen dort vorzustellen – als sei es das Natürlichste der Welt. Ich selbst bin total schlecht in so was. Schüchtern zu sein, ist echt ätzend. Also zog ich schon mal alleine los und nahm den Kunsttrakt unter die Lupe.

Die ausgestellten Bilder und Keramikarbeiten waren ziemlich beeindruckend. Es gab sogar einige Skulpturen und ein paar echt coole Siebdrucke. Dafür sah ich nicht ein einziges Bild, das auch nur annähernd in meinem Stil gezeichnet war. Na ja, wirklich überraschend war das nicht. Ich bin gerne originell, versteht mich nicht falsch. Aber manchmal fühle ich mich ein bisschen wie ein Alien und frage mich, ob ich jemals einem Menschen begegnen werde, der vom selben Planeten kommt wie ich.

Am schwarzen Brett hing ein Plakat für einen Kunstwettbewerb. Klang ganz interessant. Und coole Preise gab's auch zu gewinnen. Aber ich würde da nicht mitmachen, nie im Leben. Nicht im Traum käme ich auf die Idee, mich derart ins Rampenlicht zu stellen. Also streifte ich weiter umher, bis die Schulglocke läutete und mir jemand erklärte, wo ich als Nächstes hinmusste.

Mein erster Schultag hatte Licht- und Schattenseiten: Gut war, dass ich mich in der Klasse nicht zum Idioten gemacht und nichts von mir gegeben hatte, was komplett *stupido* war. Außerdem hatte der Lehrer nicht rumgebrüllt, jedenfalls nicht allzu sehr. Weniger gut war, dass ich mich in dem Riesengebäude mit den endlos vielen Stockwerken und Seitenflügeln total verlaufen hatte. Und richtig mies waren die Ankündigungen der Lehrer, uns tonnenweise Hausaufgaben aufzugeben. Jeden Tag.

Na ja, insgesamt hätte es schlimmer laufen können. Aber natürlich auch besser. Trotzdem fühlte ich mich nicht wirklich wohl. Ich sehnte mich nach jemandem, der mir erklärte, wie man heil durch die Highschool-Zeit kam. Mum war da leider nicht die richtige Anlaufstelle, ihr Standardspruch in solchen Situationen war: »Du machst das schon.« Aber was, wenn nicht?

Weil wir an diesem ersten Tag früher Schluss hatten, fuhr ich zusammen mit Mum zu meiner alten Primary School, um Bella abzuholen. Mum blieb im Auto sitzen, ich steuerte alleine auf den Eingang zu. Ehrlich gesagt war ich nur mitgekommen, um ein bisschen mit meiner Spit-Hill-Uniform anzugeben. Jetzt konnten die Kleinen von der Parker Harris sehen, dass ich auf die Highschool ging. Und Lichtjahre von ihnen entfernt war. Aber hallo, meine Tage als Grundschülerin waren so was von vorbei.

Doch dann passierte etwas völlig Unerwartetes. Etwas, das mein Leben noch mehr durcheinanderbringen sollte. Aber das konnte ich zu dem Zeitpunkt natürlich noch nicht wissen.

Es fing damit an, dass Bella weinte, als sie rauskam.

»Hey, was ist denn los?«, fragte ich.

»Tommy Pyke hat mich geschubst und ich hab mir den Kopf an der Tür gestoßen«, heulte sie.

Sofort stieg eine ungeheure Wut in mir hoch. Und die hatte

nicht mal nur mit Bella zu tun. Ich hatte einfach die Nase voll. Ich hatte die Nase voll von meinem schrottigen Handy. Und davon, immer die Kleinste zu sein. Und davon, dass Dad nicht da war und dass jeder dachte, ich wäre neun und eine Chinesin. Meine ganze Wut ballte sich zu einer dicken Kugel zusammen. Und Wut kann einen ja richtig verrückt machen. Ich stand also in meiner Highschool-Uniform da wie ein großes, wütendes Kind und dachte, dass ich mich dann wenigstens auch benehmen könnte wie ein großes, wütendes Kind. Wenn schon, denn schon. Also packte ich Bella an den Handgelenken (die Hände waren mir zu schmuddelig), stapfte mit ihr zurück ins Schulgebäude und sagte: »So, und jetzt zeigst du mir, wo er steckt.«

Bella deutete auf die Treppe. Tommy Pyke spazierte gerade die Stufen herunter. Ich stellte mich unten hin und wartete. Für sein Alter war Tommy ziemlich groß und auch ziemlich pummelig, ungefähr zweimal so lang und breit wie Bella. Er hatte einen runden, kahl rasierten Kopf und dreckige, tintenverschmierte Finger. Insgesamt sah er so aus, als müsste er mal dringend durch ein Desinfektionsbad gezogen werden. Als er am Fuß der Treppe ankam, trat ich neben ihn, packte seinen Arm und drehte ihm den auf den Rücken. Volle Kanne. Dann zischte ich ihm ins Ohr: »Wenn du meine Schwester noch einmal anrührst, dann brech ich dir die Knochen.«

Er schrie sofort auf, deswegen ließ ich ihn los, warf ihm vorher aber noch meinen allerfiesesten Blick zu. Dann schnappte ich mir Bellas Hand und verließ das Gebäude, bevor irgendwelche Lehrer mir hinterherrennen konnten.

Auf dem ganzen Weg zum Schultor sagte Bella kein Wort, sondern grinste nur von einem Ohr zum anderen. Erst kurz vor unserem Auto flüsterte sie mir zu: »Du bist die beste große Schwester auf der ganzen Welt.«

»Aber kein Wort zu Mum, okay?«

»Okay.«

Dann kletterte sie auf den Rücksitz und tischte Mum die Geschichte brühwarm auf.

»Du hast *was* gemacht?«, kreischte Mum und starrte mich mit weit aufgerissenen Augen unheilvoll an.

»Er hat's verdient, Mum, echt.«

»Aber es gibt eine Grenze zwischen Deine-Schwester-Verteidigen und Deine-Mitmenschen-Tyrannisieren, Amber. Du kannst doch nicht einfach in der Gegend herumspazieren, Leuten den Arm verdrehen und ihnen auch noch drohen. Das nennt man Schikanieren!«

Ich schaute Bella an und zog eine Grimasse, sagte aber nichts. Ich nahm einfach nur mein Desinfektionsgel aus der Tasche und versuchte mir die Primary-School-Bazillen von den Händen zu reiben, bevor ich sie zu Hause richtig schrubben konnte.

Mum war kurz vorm Ausflippen, weil ich mich normalerweise nie so verhalte. Als wir zu Hause ankamen, stürzte sie jedenfalls gleich zum Telefon und rief Nonna an, um ihr von dem Vorfall zu erzählen.

»Ambra? *È vero*? (Das heißt auf Italienisch so viel wie: »Stimmt das? Wirklich?«) *Brava!*« Nonna brüllte und lachte so laut, dass ich es durchs Telefon hören konnte.

Mum warf mir einen finsteren Blick zu. Ich setzte mich aufs Sofa, denn an ihrer Miene konnte ich ablesen, dass sie ausgerastet wäre, wenn ich mich zum Zeichnen in mein Zimmer verkrümelt hätte. Im Anschluss rief sie ihre Freundin Donna an, deren Sohn Hugo in meinem Alter ist, und fragte, was sie von der Sache hielt.

»Wow!«, sagte Donna. »Ich wünschte, Hugo hätte ein bisschen was vom Mumm deiner Tochter in den Knochen.«

»Moment mal«, entgegnete Mum, »bin ich hier etwa die Einzige, die es nicht okay findet, Leuten den Arm auf den Rücken zu drehen?«

»Sieht so aus«, sagte Donna. »Bravo, Amber, der Kerl wird Bella so schnell nicht mehr belästigen.«

Mum legte auf und sah mich bestürzt an. »Außer mir denkt offenbar niemand, dass dein Verhalten nicht in Ordnung war«, sagte sie. »Trotzdem: Das überzeugt mich nicht. Eine Strafe muss sein, damit du einsiehst, dass Reden besser ist, als handgreiflich zu werden. Egal was passiert ist: Gewalt ist keine Lösung!«

Ich wollte erwidern, dass es hier weniger um Gewalt ging als um die Ehre. Aber Mum war eine Mutter und Mütter begriffen so was nicht.

»Kann ich mir die Strafe wenigstens aussuchen?«, fragte ich.

»Eine Woche lang kein Computer.«

»Neeeiiiin! Bitte nicht! Kannst du dir nicht was anderes überlegen? Bitte!« Ich las gerade einen total coolen Online-Comic-Roman, bei dem am Ende eines jeden Kapitels die Zeichentechniken erklärt wurden. Und ich war gerade mittendrin.

»Nein.«

»Manno.«

Ihr seht: Mum hat wirklich nicht die geringste Ahnung, wie Dinge in der Schule geregelt werden. Ich hatte doch nur meine Schwester verteidigt! Da fragt man sich doch echt, warum man sich einmischt, wenn es einem am Ende nur Ärger bringt.

Sechs – Sei – Roku

An meinem zweiten Highschool-Tag ging es dann so richtig los mit den Problemen.

Und damit meine ich nicht die Jugendlichen, die grölend durch die Flure rannten und sich gegenseitig schubsten. Obwohl die schon ganz schön übel waren. Und ich meine auch nicht den Jungen, der in der Mensa mit dem Hintern voran in die Restetonne gestopft wurde, so dass nur noch sein Kopf und die Füße rausguckten. Brrr, allein der Gedanke an das schleimige Ekelzeug und die ganzen Bazillen! Albtraum hoch zehn! Ich meine auch nicht all die Mädchen, die einfach nicht glauben konnten, wie klein ich war. Und die sich deshalb unbedingt mit mir fotografieren lassen wollten, um die Beweisbilder dann auf Facebook und Instagram zu posten.

Nein, die Probleme, die auf mich zurollten, waren ganz andere Kaliber – vor allem drei davon:

Es ist mir ein bisschen peinlich, es zuzugeben, aber das erste hatte mit einem Jungen zu tun. Wenn ich normalerweise einem Jungen begegne, verspüre ich sofort den Drang, irgendetwas nach ihm zu werfen. Das ist wie ein Reflex bei mir. Aber *der* Junge hier war okay. Er war eher klein, natürlich nicht ganz so klein wie ich, aber eben auch kein riesiger Basketballertyp. Er hatte strubbelige dunkle Haare, die in alle möglichen Richtungen abstanden, große braune Augen und war übersät mit Sommersprossen. Als hätte ein Farbpinsel sie auf seine Wangen gespritzt. Und: Er schien nicht so laut und *stupido* zu sein wie die meisten anderen Jungs. Ich stand ein paarmal neben ihm, weil er Sachen aus seinem Schließfach holte, das direkt über meinem lag.

Schon allein so dazustehen und zu warten, bis er sein Zeug rausgeholt hatte, machte mich verlegen. Es war das erste Mal, dass mir das bei einem Jungen passierte – was ziemlich blöd war, denn ich würde nun mehrmals täglich, fünf Tage die Woche, neben ihm stehen und warten müssen.

Das zweite Problem war ein Spezialkurs, den ich belegen musste.

Irgendjemand von meiner alten Schule hatte anscheinend dafür gesorgt, dass er in meinen Stundenplan eingebaut wurde: immer dienstags, vierte Stunde. Der Kurs nannte sich *Weltreise ins Innere* und wurde von einer gewissen Miss Figgis geleitet. Soweit ich das verstand, war er für Schüler mit irgendeinem emotionalen Trauma gedacht, wenn die Eltern gestorben waren oder sich getrennt hatten oder so.

In der vierten Stunde ging ich also zu dem entsprechenden Gebäudetrakt, fand nach einer halben Ewigkeit den Raum und suchte mir einen Platz.

Miss Figgis hatte ein irre langes Gesicht und Haare, die aussahen wie braune Zuckerwatte. Sie war von Kopf bis Fuß lila gekleidet und mit langen baumelnden Halsketten behängt. Es war völlig klar, dass sie damit irgendwann an einer Türklinke hängen bleiben und sich strangulieren würde – und gegen Ende der ersten Stunde hoffte ich tatsächlich, dass es bald passierte.

In dieser Sitzung sollten wir in einem Kreis Platz nehmen und der Reihe nach über unsere Gefühle sprechen. Damit hatte sie die Stunde gleich in die Top Ten der allerpeinlichsten Situationen meines Lebens katapultiert. Merkte sie denn nicht, dass ich nicht über meinen Dad reden wollte? Nicht vor allen anderen und schon gar nicht vor ihr. Aber sie war der Typ Mensch, der immer weiterbohrt und einfach nicht aufhört, bis man es irgendwann bereut, dass man überhaupt den Mund aufgemacht hat.

Sie eröffnete die Runde, indem sie ein Mädchen aus der Neunten namens Hannah fragte, was sie zuletzt über ihren Vater in ihr Tagebuch notiert hatte. Er war gerade an Krebs gestorben. Hannah, total nervös und eingeschüchtert, begann im Flüsterton: »Ich hab geschrieben … ich hab geschrieben, dass …« Sie konnte jedoch nicht weitersprechen, weil sie in Tränen ausbrach. Wenn ihr mich fragt, war das Allerletzte, was Hannah in dieser Phase ihres Lebens brauchte, vor einer gelangweilten Horde Fremder ihre Gefühle offenzulegen.

»Sammle dich einfach einen Moment, Hannah«, sagte Miss Figgis und wandte sich an die Nächste im Kreis, ein pummeliges Mädchen mit blond gefärbtem Haar und grimmigem Blick. »Joanne, magst du uns nicht erzählen, wie es dir mit der Scheidung deiner Eltern geht?«

Joanne rutschte auf ihrem Stuhl hin und her und schnauzte: »Gestern hab ich mein Zimmer mit einem Tennisschläger kurz und klein gekloppt.«

Ein deutlicher Fingerzeig, wenn ihr mich fragt.

Miss Figgis verbrachte einige Minuten damit, Joanne ein paar »einfache, aber effektive Methoden« nahezulegen, mit denen sie im Alltag ihre Wut bändigen konnte.

»Joanne, Schätzchen, wenn ich gleich bis fünf zähle, dann atmest du ganz tief durch die Nase ein, ja? Eins … zwei … drei … vier … fünf … Und jetzt lässt du die Luft ganz langsam durch den Mund wieder raus. So: Fuuuuuuuuuuuuuuuu. Lass es uns gleich noch mal versuchen: Eins … zwei …«

Joannes Gesicht färbte sich langsam lila, während sie immer noch auf ihrem Stuhl vor- und zurückrutschte. Es sah so aus, als würde sie gleich runterfallen, aber Miss Figgis atmete und zählte ungerührt weiter und hob und senkte dabei die Hände. Ich bekam langsam Mitleid mit Joanne. Ich an ihrer Stelle wäre schon längst vor Scham im Boden versunken. Aber da schnappte sie auf einmal jäh nach Luft und stieß einen so spitzen Schrei aus, dass ich vor Schreck aufsprang, bestimmt zwei Meter hoch. Dann grapschte sie sich wahllos Sachen, die auf dem Tisch herumlagen – Schultaschen, Federmappen, Trinkflaschen – und schleuderte sie gegen die Wand. Eine Federtasche verfehlte nur knapp Miss Figgis' Ohr. Wir Übrigen saßen wie versteinert da.

»Okay, das ist auch eine Art, deinen Emotionen Luft zu machen, Joanne«, sagte Miss Figgis, »aber ich glaube, davon haben wir jetzt genug gesehen. Beruhige dich bitte mit ein paar Atemübungen, in einer Minute bin ich wieder bei dir.«

Doch Joanne riss ihre Tasche an sich und stürmte brüllend zur Tür: »Ich hau ab! Das ist die Hölle!«

Im Nu war Miss Figgis auf den Beinen. Sie rief Joanne zu, dass sie hierbleiben und sich endlich beruhigen solle, sonst müsse sie mit disziplinarischen Maßnahmen rechnen.

Als Joanne schließlich wieder in unserem Kreis saß, wutschnaubend, wandte sich Miss Figgis an mich.

»Amber«, sagte sie mit honigsüßer Stimme, »im Namen des schulpsychologischen Dienstes möchte ich dich in unserem Kurs *Weltreise ins Innere* willkommen heißen. Ich hoffe, du hast die wundervolle Atmosphäre hier gespürt, in der ihr absolut frei und vertrauensvoll über eure innersten Belange sprechen könnt.«

Ich blickte zu Joanne, die finster zurückstarrte, und zu Hannah, die verzweifelt in ihre Hände schluchzte, und lächelte matt.

»Amber, möchtest du uns nicht ein bisschen was über dich erzählen?«

»Nein, danke«, sagte ich höflich.

Aber Miss Figgis kapierte es nicht.

Ganz offenbar wusste sie bestens Bescheid über Dad, denn sie stellte mir eine Million Fragen über meine Familie und wie es zu Hause lief, so ganz alleine mit meiner Mutter und meiner Schwester. Ich antwortete total einsilbig und schließlich fragte sie mich, ob ich mich, seit Dad uns verlassen hatte, »irgendwie wertlos« fühlte. Was ich nie getan hatte – bis zu diesem Moment, wo sie es mir quasi in den Mund legte. Ich hatte auch nie das Gefühl gehabt, »verlassen« worden zu sein – was ja wirklich trostlos klingt. Wie eine alte Geisterstadt. Oder ein verrostetes Autowrack am Straßenrand.

Ich dachte mir, dass ich sie am ehesten von der Dad-Geschichte ablenken konnte, indem ich einfach ein anderes Thema anschnitt. Vielleicht sogar irgendein ausgedachtes.

Also fragte ich: »Kennen Sie das Gefühl, wenn man morgens aufwacht und meint die ganze Welt aus den Angeln heben zu können?«

Die anderen blinzelten mich verständnislos an. *Nee, kennen wir nicht – und überhaupt, was wird das jetzt für 'ne Nummer, du Spinnerin?,* war auf ihren Gesichtern zu lesen. Aber Miss Figgis nickte so eifrig, dass ich dachte, ihr Kopf würde gleich abfallen und durchs Klassenzimmer rollen.

»Und dann gibt es wieder Tage, an denen man aufwacht und weiß, dass man gar nichts gebacken kriegt. An denen dunkle Wolken im Gehirn wabern, die alle Gedanken ganz grau und trüb machen.«

Die anderen Kursteilnehmer kriegten ihren Mund nicht mehr zu und Joanne glotzte mich an, als hätte ich gerade einen fetten Regenwurm verspeist. Aber Miss Figgis nickte immer noch ganz aufgeregt.

»Und jedes Mal wenn mein Kopf dunkel und trüb wird, kriecht diese grauenvolle Bestie unter meinem Bett hervor. Riesig, schuppig und mit großen Hörnern. Dann baut sie sich neben meinem Bett auf und knurrt, bis ich mich ganz klein und erbärmlich fühle und am liebsten nie wieder aufstehen würde.«

Eigentlich bin ich nicht sonderlich gut im Geschichtenausdenken. Jedenfalls nicht wenn ich von allen Seiten angestarrt werde und unter den Glotzern eine ist, die gern mal ausrastet. Ich habe die Monsterstory nur deshalb erzählt, weil ich dachte, dass Miss Figgis als Psychologin darauf stehen würde. Und dass ich dann endlich wieder meine Ruhe hätte. Aber leider wurde alles nur noch schlimmer, weshalb ich ziemlich schnell bereute, die Bestie überhaupt erwähnt zu haben.

»Amber, was für ein wundervolles Bild!«, kreischte Miss Figgis. »Du stehst ja in ganz enger Verbindung zu deiner Psyche! Das ist wirklich sehr reif für dein Alter!«

Joanne wummerte wie eine Besessene mit ihrem Fuß gegen das Stuhlbein und zischte mir dabei zu: »Du hast sie doch echt nicht mehr alle!«

Das war der Moment, in dem ich beschloss, ihr für den Rest meiner Schulzeit aus dem Weg zu gehen. Also die nächsten sieben Jahre.

»Die Bestie nennt sich *Selbstzweifel*, Amber«, klärte Miss Figgis mich auf. »Ein jeder von uns zweifelt manchmal an seinen Fähigkeiten, meist aus Angst. Das ist völlig normal. Aber jetzt, wo du das Übel benannt hast, musst du es bekämpfen. Und besiegen. Nur so kannst du die Person werden, die du sein willst. Spür die Bestie auf, Amber! Was meint ihr, sollen wir alle unseren Bestien nachjagen? Kommt, Kinder, hoch von den Stühlen und ab in den Vierfüßlerstand!«

Sie bedeutete uns, auf alle viere zu gehen und imaginäre Taschenlampen in die Hand zu nehmen. Dann ließ sie uns in einem Kreis durch den Raum krabbeln, während sie uns anfeuerte: »Wir suchen unter unseren Betten nach Monstern! Und alle machen mit. Los, ihr Monster, kommt aus eurem Versteck, zeigt euch!«

Meine Mitschüler warfen mir vernichtende Blicke zu, und obwohl Joanne nicht einmal mit von der Partie war, weil sie sich schlicht weigerte in den Vierfüßlerstand zu gehen, wäre ich am liebsten im Boden versunken vor Scham.

Doch mit der peinlichen Krabbelaktion war der Albtraum noch nicht überstanden. Als wir endlich wieder auf unseren Stühlen saßen, sagte Miss Figgis: »Diejenigen von euch, die neu in unserer Runde sind, möchte ich darauf hinweisen, dass die Spit-Hill-Highschool jedes Jahr einen Kunstwettbewerb ausschreibt. Eine wirklich großartige Sache. Das diesjährige Thema lautet: *Was mir wirklich wichtig ist*. Abgabetermin ist nächsten Mittwoch. Die höheren Jahrgänge sind bereits seit Ostern informiert und haben den Sommer über an ihren Beiträgen gearbeitet. Für euch kommt das jetzt etwas kurzfristig, aber ich möchte trotzdem, dass mir jeder von euch nächste Woche ein Bild mitbringt. Ein Bild, das zeigt, was euch im Leben etwas bedeutet. Und ich werde jedes einzelne Kunstwerk bei dem Wettbewerb einreichen.«

Ich schrumpfte auf meinem Stuhl zusammen.

Oh! Mein! Gott!

Eher würde ich tot umfallen, als irgendjemandem in diesem Kreis oder womöglich noch der ganzen Schule zu zeigen, was ich zeichnete!

Und als ich schon glaubte, der Kurs hätte seinen absoluten Tiefpunkt erreicht, mussten wir uns alle an den Händen fassen und *I am beautiful in every single way* singen.

Himmel, was war ich froh, als die Stunde zu Ende war! Aber

die Freude würde nicht lange anhalten, das war mir klar. Der Kurs stand fest in meinem Stundenplan. Nächste und übernächste Woche und all die Wochen danach würde ich wieder hingehen müssen. Und dann war da noch die Sache mit dem selbst gemalten Bild. Wie zum Teufel sollte ich aus der Nummer wieder rauskommen?

Sieben – Sette – Shichi

So furchtbar Miss Figgis' Kurs auch war, er sollte nicht mein größtes Problem an der Spit Hill bleiben. »Aller guten Dinge sind drei«, war einer der Lieblingssprüche von Nonna – und leider galt das auch für meine Probleme. Wobei sich Problem Nummer drei eindeutig als das fieseste von allen erweisen sollte.

Es fing damit an, dass es am Mittwoch kein Stück besser lief als am Montag oder Dienstag: Ich hatte die Bücher vergessen, die ich mitbringen sollte. Ich musste mir das Geschwafel der Lehrer über das wahnsinnige Lernpensum des kommenden Schuljahres anhören. Ich verirrte mich mal wieder in dem riesigen Schulgebäude. Ich wurde von Chloe und ein paar anderen Mädchen in der Mittagspause mit Fragen über mein Handy gelöchert, und als ich es ihnen beschrieb, mussten sie sich das Lachen verkneifen. Und als wäre das alles noch nicht genug, fingen sie an, von Justin Bieber zu schwärmen, den sie allesamt heiraten wollten.

Ich versuchte mit anderen Leuten aus meiner Klasse ins Gespräch zu kommen, aber ich war verkrampft und schüchtern und wusste nicht, wie ich nach den Standardsätzen weitermachen sollte. (»Hi, ich bin Amber. Ja, ich bin wirklich elf. Nein, ich bin nicht Chinesin, ich bin halb Japanerin, halb Italienerin. Sushi.«)

Nach Schulschluss nahm Mum mich mit zur Parker-Harris-School, um Bella von ihrem Nachmittagstanzkurs abzuholen. Ich bin sicher, dass Bella nur deshalb Ballett machte, damit sie ein rosa Tutu tragen konnte.

Aber egal.

Ich betrat das Schulgelände und sah Tommy Pyke im Fußballdress auf dem Pausenhof. Er rannte gerade mit dem Ball unterm Arm auf eines der Tore zu, während die anderen Jungs brüllend hinterherjagten und versuchten ihm den Ball abzunehmen. Ich verstehe nicht viel von Fußball, aber dass das nicht der regulären Spielweise entsprach, war sogar mir klar.

Als Bella rauskam, fragte ich sie, ob er sie noch einmal geärgert hatte, doch sie schüttelte den Kopf. Und ich muss sagen, da fühlte ich mich schon ziemlich stark und heldenhaft – was nun wirklich nicht alle Tage vorkommt. Aber normalerweise ziehe ich ja auch nicht durch die Gegend und drehe Leuten die Arme auf den Rücken. Die meiste Zeit bin ich ein spindeldürrer, schlotternder Angsthase, was man mir leider auch noch an der Nasenspitze ansieht. Und trotzdem hatte ich für meine nervige kleine Schwester auf den Putz gehauen und die Sache in die Hand genommen. Wie eine unerschrockene Kriegerin. Wie die coolste Schwester der Welt.

Als ich jedoch mit Bella im Schlepptau Richtung Auto ging, erblickte ich etwas, das sofort wieder das Angsthasen-Programm abspulte.

Ratet mal, wer da gerade auf den Pausenhof spazierte, während wir auf den Ausgang zusteuerten?

Bingo: Joanne! Die wilde Furie aus dem Psychokurs. Die, die ihr Zimmer mit einem Tennisschläger auseinandergenommen hatte.

Und ratet, wer ihr mit dem Ball unter dem Arm entgegenrannte?

Nochmal Bingo: Tommy Pyke.

Mein Magen krampfte sich zusammen.

»Äh … wer ist das Mädchen dort bei Tommy Pyke?«, fragte ich Bella. *Bitte, sag jetzt nicht, dass es seine große Schwester ist,* schickte ich als Stoßgebet hinterher.

»Oh, das ist seine große Schwester. Die ist total gruselig.«

Ich hatte das Gefühl, als würde in meinem Inneren irgendwas absterben. Das ganze Blut musste schlagartig in meine Füße gesackt sein, denn ich war auf einmal total klapprig auf den Beinen und meine Schuhe waren bleischwer. Ich flitzte mit Bella über den Pausenhof, um möglichst schnell das Feld zu räumen. Einen gehetzten Schulterblick riskierte ich aber doch. Und sah, wie Tommy auf Joanne einredete und dabei in meine Richtung deutete. Woraufhin Joanne mich düster anstarrte und langsam nickte.

Meine Augen weiteten sich vor Schreck, meine Eingeweide zogen sich zusammen. Na großartig: Von allen Menschen auf der Welt, an denen ich meinen Mut hätte erproben können, hatte ich mir ausgerechnet Joannes kleinen Bruder ausgesucht!

Joanne war so aggressiv, so bullig und so unberechenbar, dass man wahrscheinlich nur mit übermenschlichen Kräften gegen sie ankommen konnte. Oh Gott, wie gerne würde ich mal eben schnell zum Riesen werden, zu einem Kerl mit überdimensionierten Muskelpaketen und donnernder Stimme. Aber nein, ich war klein und schmächtig und quiekte vor Panik wie eine Wüstenrennmaus. Entsetzt legte ich noch einen Zahn zu und trat mir dabei im Geiste in den Hintern, weil ich keinen blassen Schimmer von Selbstverteidigung hatte. Weil ich absolut hilflos war – und dazu verdammt, einen qualvollen Tod zu sterben.

Warum? Warum konnte ich keine schlummernde Super-Amber in mir wecken, dreißig Meter groß und stark wie zehn Bären? Warum steckte unter meiner Schuluniform keine Ninja-Kämpferin, meinetwegen auch im Miniaturformat? Warum steckte da bloß ich?

Acht – Otto – Hachi

Als wir endlich zu Hause ankamen, war ich ein einziges Nervenbündel. Um die Panik aus meinem Kopf zu verbannen und mich abzulenken, beschloss ich Bella den Antwortbrief zu geben, den ich geschrieben hatte. Seit sie mir den Umschlag in die Hand gedrückt hatte, waren drei Tage vergangen. In Wirklichkeit hätte das Hin und Her der Post wahrscheinlich länger gedauert, aber meine Schwester lebte so sternenweit von der Realität entfernt, die würde kaum Verdacht schöpfen.

Ich steckte den Brief also in einen Umschlag, schrieb Bellas Namen und die Adresse drauf und legte ihn oben auf einen Stapel Rechnungen.

Dann ging ich in mein Zimmer, um meine Schuluniform auszuziehen und noch ein bisschen Panik wegen Joanne Pyke zu schieben.

Kurz darauf hörte ich Mums Stimme: »Bella? Du hast Post bekommen! Wie aufregend!«

Ich spitzte die Ohren und spähte durch den Türspalt. Dann trat ich in den Flur und tat so, als suchte ich irgendetwas in meiner Jackentasche.

Raketengleich schoss Bella aus ihrem Zimmer und blieb mit großen erwartungsvollen Augen vor Mum stehen.

»Hm, steht kein Absender drauf«, meinte Mum und drehte den Brief mit nachdenklicher Miene um.

»Och, das macht nichts.« Bella versuchte ihr den Umschlag aus der Hand zu reißen.

»Warte, Bella – weißt du, von wem der ist? Vielleicht sollte besser ich ihn öffnen.«

»Ja, ich weiß, von dem der ist«, sagte Bella, »aber das ist ein Geheimnis.«

Mum stemmte die Hände in die Hüften und hob die rechte Augenbraue, als würde sie von einer unsichtbaren Schnur nach oben gezogen. Das macht sie immer, wenn sie misstrauisch ist. Ich weiß nicht, wie oft ich das schon geübt habe, aber bei mir funktioniert es einfach nicht – jedenfalls nicht ohne dass die linke Augenbraue mit hochschnellt. Was total bescheuert aussieht.

»Soso, ein Geheimnis …«

Wieder wanderte ihre rechte Augenbraue nach oben. *Verdammt, warum kriegte ich das nicht hin?*

»Ja«, sagte Bella kurz und bündig.

»Hm, ich glaube nicht, dass mir dein Geheimnis gefällt.« Mum verschränkte die Arme. »Ist es eine Geburtstagseinladung von einer Schulfreundin? Dann muss ich den Termin nämlich in den Kalender eintragen, damit wir ihn nicht vergessen.«

»Nein, keine Einladung.« Bella nahm mich an die eine und Mum an die andere Hand. »Aber du musst dir keine Sorgen machen, Mummy. Es hat mit *meiner* Geburtstagsfeier zu tun.«

»Na, wenn das so ist …«, lächelte Mum und verschwand in der Küche, um das Abendessen vorzubereiten.

Bella wirkte geradezu selig. Sie flitzte mit dem Brief in ihr Zimmer und schloss die Tür.

Ihre Aufregung amüsierte mich. Jetzt würde alles wieder ins Lot kommen. Sie würde endlich begreifen, dass Dad nicht wieder aufkreuzte. Leider konnte ich mich nicht länger in der Nähe ihrer Tür herumdrücken, um ihre Reaktion zu belauschen. Denn in diesem Moment kam Nonna, um auf Bella aufzupassen, während Mum mich zum Karate brachte.

Karate gab es noch nicht lange in meinem Leben. Ich hatte aus zwei Gründen damit anzufangen. Erstens: Es war etwas Japanisches – etwas, das mich ... na ja, irgendwie mit meinen Wurzeln verband. Nicht dass es in dem Kurs außer mir noch weitere Japaner gegeben hätte. Selbst der Trainer kam irgendwo anders her, aus Griechenland oder der Türkei oder so. Und ich war auch nicht übermäßig talentiert, wie man es bei einer Halbjapanerin vielleicht erwarten könnte. Ich meine, man würde doch denken, dass sich die Geheimnisse von Geschwindigkeit und Beweglichkeit über die Jahrhunderte irgendwie in den Genen verankert hätten. Aber Fehlanzeige, jedenfalls bei mir. Bis jetzt.

Außerdem hatte ich es einfach satt, ein spindeldürrer Schisshase zu sein. Ich wollte stark und furchtlos werden, wollte mich selbst verteidigen können – zum Beispiel für den Fall, dass Mum krank wurde oder starb und Bella und ich alleine auf der Straße leben mussten. Das hatte ich Mum natürlich so nicht gesagt, aber auseinandersetzen musste ich mich doch irgendwie mit dem Thema. Denn wenn mir nach Dads Verschwinden eines klar geworden war, dann, dass ich einen Notfallplan haben musste.

Falls ich eines Morgens aufwachte und Mum ebenfalls verschwunden war. Oder sie eines Tages nicht mehr von der Arbeit nach Hause kam. Und was dann?

Und plötzlich hatte ich noch einen dritten Grund, Karate zu machen: Joanne, die Furie mit dem Tennisschläger. Obwohl – um gegen die eine Chance zu haben, hätte ich wohl schon als Säugling mit dem Training beginnen müssen. Jetzt war es ein bisschen spät. Ich hatte gerade mal den weißen Gürtel und war so gut wie tot. Verdammt, warum hatte ich bloß so lange gewartet?

Natürlich war ich auch beim Karate mit Abstand die Kleinste. Selbst der Achtjährige aus unserer Gruppe überragte mich um einige Zentimeter. Außer uns gab es noch zwei Mädchen und sechs Jungs, die sich alle für ziemlich cool hielten, es jedoch nicht waren – auch wenn zwei von ihnen schon den grünen Gürtel hatten. Was konnte ich nur tun, um im Eiltempo zur Großmeisterin aufzusteigen? Ich meine, außer auf ein Wunder zu hoffen.

Nach dem Aufwärmen machten wir eine Übung, bei der uns der Trainer mit einem Schaumstoff-Baseballschläger zu treffen versuchte. Wir mussten uns entweder wegducken oder hochspringen und in jedem Fall *molto veloce* sein. Ich hatte nicht den blassesten Schimmer, was uns das bringen sollte. Keine Ahnung, ob sich die Leute in Japan mit riesigen Schaumstoff-Baseballschlägern durch die Straßen jagten. Aber ich wollte lieber nicht nachfragen, denn vielleicht fand der Trainer die Frage total idiotisch – noch dazu von einer Japanerin, die es eigentlich besser wissen müsste. Dad hätte es mir bestimmt sagen können. Wäre der zu Hause gewesen, hätte ich ihn fragen können. Aber so blieben die banalsten Alltagsgeschichten ein einziges Mysterium für mich.

»Amber, das Ding bricht dir schon nicht die Knochen«, rief der Trainer, als ich kreischend davonrannte. »Jetzt sei nicht so ein Angsthase!«

Doch ich hatte einfach Panik. Da konnte der Schläger noch so sehr aus Schaumstoff sein, der Trainer war es nicht, der war bullig und obendrein stark behaart. Ich hatte schlicht Angst, dass er mich zu Brei haute, weshalb ich in letzter Sekunde immer wieder die Flucht ergriff und Haken schlug. Und glaubt mir, ich bin schnell. Deshalb traf er mich auch nicht, aber ich wusste, dass er es beim nächsten Mal umso verbissener versuchen würde.

Anschließend übten wir *Kata*, eine bestimmte Abfolge von Bewegungen. Das war ganz okay, weil niemand versuchte auf mich einzuprügeln. Trotzdem hatte ich danach nicht das Gefühl, auf meinem Weg zur Großmeisterin auch nur einen Schritt weitergekommen zu sein. Ich war einfach grottenschlecht in Karate, das pure Gegenteil von Respekt einflößend.

Zu Hause war Nonna mal wieder am Nörgeln und behauptete, ich würde tagein, tagaus denselben schwarz-weiß gestreiften Kapuzenpullover tragen.

»Ambra, perché indossi il nero?«, fragte sie und fuchtelte mit ihren Fingern herum, wie Italiener es gerne tun, wenn sie ihren Worten Nachdruck verleihen wollen. Ich wusste, dass sie gesagt

hatte: »Warum trägst du andauernd schwarz?«, aber ich tat so, als hätte ich kein Wort verstanden. Doch Nonna redete unbeirrt weiter: »Warum immer diesen *brutta*, schmuddeligen *felpa*? (Warum immer diesen hässlichen, schmuddeligen Kapuzenpullover?) So was nur tragen Jungs und Bankräuber. *Non é carino* (Sieht nicht schön aus). *Sei una bella ragazza*, Ambra. Du bist doch hübsches Mädchen. Ich dir kaufen neues Kleid, ja?«

»Brauchst du nicht, Nonna.«

Wie immer lehnte ich dankend ab, denn es war sonnenklar, dass sie etwas Potthässliches anschleppen würde. Das letzte Mal war es ein gelbes Kleid mit Spitzenborte und aufgedruckten Schmetterlingen gewesen. Und überhaupt: Mein Kapuzenpulli war gar nicht schmuddelig. Manchmal warf ich ihn sogar in die Wäsche, nachdem ich ihn nur fünf Minuten getragen hatte. Wenn es um meine Klamotten geht, bin ich genau so pingelig wie bei meinen Händen: Die müssen *molto* sauber sein.

Ihr solltet Nonna mal sehen. Die ist immer wie aus dem Ei gepellt, fast glamourös. Selbst wenn sie nur zum Babysitten vorbeikommt, trägt sie todschicke, modische Kleidung, alles Ton in Ton, elegante italienische Schuhe, einen Mantel mit Pelzkragen, dazu einen Klunkerring und ein dickes Armband. Ihre Nägel sind natürlich immer frisch lackiert und ihre blondierten Haare perfekt in Form geföhnt. Sie ist einfach durch und durch Italienerin und Italienerinnen brezeln sich selbst für die Gartenarbeit oder fürs Kloschrubben auf.

»Ist Bella immer noch in ihrem Zimmer?«, fragte ich. Normalerweise hockt Bella nie lange alleine rum. Sie ist gerne mit Leuten zusammen, denn nur dann kann sie die Chefin raushängen lassen.

»Ist kurz rausgekommen, aber gleich wieder verschwunden«, sagte Nonna. *»Digli di lavarsi i denti.«*

Also ging ich, um nach Bella zu sehen und ihr zu sagen, dass sie sich die Zähne putzen sollte. Vielleicht war sie traurig über Dads Absage? Dabei war der Brief ja nur gut gemeint gewesen. Damit sie die Dinge klarer sehen konnte.

»Bella«, rief ich. »Darf ich reinkommen?«

»Nein.«

»Oh … Alles in Ordnung?«

»Ja«, drang es gedämpft durch die Tür. Ich lauschte angestrengt. Aber es war nichts zu hören. Kein Hinweis darauf, ob sie glücklich oder traurig war.

»Möchtest du was spielen?«

»Bin beschäftigt. Später vielleicht.«

Wahrscheinlich bastelte sie ein Armband. Sie hatte so ein Bastelset, mit dem man ultrahässliche Plastikarmbänder machen konnte, an denen lauter ultrahässliche Anhänger baumelten. Es dauerte jedes Mal Jahre, bis sie eins fertig hatte. Ich wäre lieber gestorben, als so ein Ding umzubinden, aber Bella liebte sie.

»Oh … okay. Nonna sagt übrigens, du sollst dir die Zähne putzen.«

»Danach.«

»Na gut.«

Ich duschte, zog meinen Pyjama an und klopfte erneut an ihre Tür.

»Alles in Ordnung da drinnen?«, rief ich.

»Jep.«

Diesmal öffnete sie. Und sah dermaßen quietschvergnügt und aufgekratzt aus, dass ich echt verdutzt war.

»Was war das für ein Brief, Bella? War er von Dad? Mir kannst du's erzählen. Du weißt doch: Ich spiele den Briefträger für dich.«

»Nee, das ist obergeheim.«

»Und du darfst nicht mal mit mir darüber reden?«

Sie dachte einen Moment nach und kräuselte dabei die Lippen. Dann musterte sie mich. »Hm«, sagte sie schließlich. »Dir kann ich's vielleicht sagen. Ja, er ist von Dad. Er hat mir etwas verraten, aber du musst hoch und heilig versprechen, dass du es niemandem weitererzählst.«

»Klar, verspreche ich dir. Und nun schieß los.«

»Aber verschwörsprichst du's auch?«

»Häh? Was soll das heißen?«

»Das ist ein Versprechen mit einem kleinen Stückchen Schwur drin. Nur um sicherzugehen ...«

Seufz.

»Ja, Bella, ich verschwörspreche es mit der Extraportion Schwur.«

Da stellte sie sich auf die Zehenspitzen, formte mit den Händen einen Trichter um ihren Mund und flüsterte mir ins Ohr: »Dad ist in Wirklichkeit ein König und ich bin eine sehr bedeutende Prinzessin. Und: Er kommt zu meiner Geburtstagsfeier.«

Fassungslos wich ich einen Schritt zurück und starrte sie mit offenem Mund an. Wie sollte ich darauf reagieren? Ich konnte ja schlecht sagen: »Hey, Moment mal, das hab ich doch gar nicht geschrieben!«

Deshalb stammelte ich nur: »Wie bitte? Aber … aber das kann doch nicht sein, Bella! Schon deshalb nicht … weil es in Japan gar keinen König gibt …«

»Ich hab auch nicht gesagt, dass er König von Japan ist.«

»Von welchem Land denn sonst? Er ist doch Japaner.«

»Hab ich doch gesagt: Das ist ultrageheim. Vielleicht verrät er's dir ja an meinem Geburtstag.«

»Bella, Dad kommt nicht zu deinem Geburtstag.«

»Kommt er wohl.«

»Nein, kommt er nicht. Bist du sicher, dass er das gesagt hat?«

»Klar.«

»Sichersicher?«

»Klarklariklaro extraklar«, sagte sie und tänzelte den Flur entlang Richtung Bad, um sich die *denti* zu putzen.

Neun – Nove – Ku

Am nächsten Morgen hörte ich Bella lauthals vor sich hin trällern. Wahnsinn, was die für eine gute Laune hatte! Wie sollte ich da bitte schön beruhigt zur Schule gehen? Ich würde mich den ganzen Tag total verrückt machen. Schließlich flitzte ich zu ihr hinüber, um die Lage zu checken. Bellas Zimmer war im Grunde nur ein besserer Schuhkarton, sogar noch kleiner als meins. Und natürlich komplett rosa gestrichen.

Eigentlich hätte Bella um diese Uhrzeit längst in ihrer Schuluniform stecken müssen. Stattdessen hockte sie in ihrem Hello-Kitty-Nachthemd auf dem winzigen Stück Fußboden und bastelte ein kitschiges Armband.

»Bella«, sagte ich, »ich glaube, du hast da was falsch verstanden. Was den Brief angeht, meine ich.«

»Oh, gut, dass du mich dran erinnerst, Amber«, antwortete sie und reichte mir einen Umschlag.

»Bella …«

Uuups, Mums Schritte näherten sich im Flur. Schnell stopfte ich den Umschlag unter meine Bluse. Das Donnerwetter, das gleich über Bella hereinbrechen würde, war vorprogrammiert: Sie musste in fünf Minuten los und hockte immer noch ganz in Rosa da, mit verwuschelten Haaren und ohne Frühstück im Bauch.

Als ich aus Bellas Zimmer sauste, stand Mum schon vor der Tür.

»Bitte sag, dass sie fertig angezogen ist«, meinte sie.

Ich reagierte mit einem »Ja, ja, alles okay«-Grinsen und flüchtete, während Mum fast augenblicklich zu schimpfen anfing.

Am Frühstückstisch kaute ich nervös auf meinen Reisflakes herum. Was zum Teufel stand in dem Brief unter meiner Bluse?

Ba ding, ertönte es da. Ich hatte eine SMS bekommen. Von Chloe Cain. *»Bin auf dem Weg zur Haltestelle. Bus kommt in 4 Min. Du auch?«*

Chloe hatte festgestellt, dass sie nur ungefähr drei Straßen von mir entfernt wohnte, und seitdem wollte sie unbedingt mit mir zusammen zur Schule fahren. Ich war nicht ganz so scharf darauf, aber immerhin hatte sie diese App auf ihrem Smartphone, die ihr punktgenau sagte, wann der Bus kam. Und das war natürlich schon ziemlich cool. Sie konnte auf die Minute genau planen, wann sie von zu Hause losgehen musste, um exakt im richtigen Moment an der Bushaltestelle anzukommen. Höhlenkinder wie ich mit ihren Steinzeithandys hatten keine Ahnung vom Fahrplan, weshalb sie andauernd den Bus verpassten und jahrzehntelang bei Wind und Wetter auf den nächsten warten mussten. Wie in grauer Vorzeit.

Und da Mum immer noch motzte, Bella solle sich endlich anziehen, schrieb ich kurzerhand ein *»Ich komme«* zurück.

Kaum war ich aus dem Haus, las ich Bellas Brief.

Liber Dad,

sol ich das orongsche oder das grüne Kleid zu meina Gebustaksfeia anzien oder sol ich mich als Einhoan verkleidn? Nonna sagt sie hat ein Unikorn-Kostüm für mich. Was meinst du?

Küschen von Bella

Was für ein Albtraum.

Aber Moment mal.

Einhorn?? Ein Unicorn-Kostüm?

Ich konnte mir beim besten Willen nicht vorstellen, dass Nonna ein Einhorn-Kostüm gekauft hatte. Das war einfach gar nicht ihre Art. Ihr müsst wissen, dass Nonna eher zu der Sorte Oma gehört, die Märchenfee-Kostüme oder gerüschte Prinzessinnenkleider kauft – daher kommt auch Bellas idiotisches Prinzessinnengehabe, wenn ihr mich fragt. Omas können den Realitätssinn von Kindern nämlich ganz schön durcheinanderbringen.

Andererseits ist Nonna immer für eine Überraschung gut. Ihr Englisch ist nicht so toll, weshalb sie andauernd alles Mögliche falsch versteht. Letztes Jahr zum Beispiel hat sie mich angerufen, um mir zu sagen, sie hätte mir ein Wildschweinchen zum Geburtstag gekauft. Mum hörte nur, wie ich fragte: »Du hast mir *was* gekauft? Ein Wildschwein?«, und flippte komplett aus. »Um Himmels willen, sag ihr, dass sie das unmöglich herbringen kann. Wir können kein Wildschwein in der Wohnung halten! Wildscheine sind keine Haustiere. Die sind gemeingefährlich!«, schrie sie.

Das hab ich dann Nonna ausgerichtet und die sagte: »*Chiacchere*! *Nonsense*! Ich kommen, bin schon unterwegs. *É carino*. Sehr süß. Ich zeig dir.« Sie ließ sich nicht davon abbringen, dass Wildschweine tolle Haustiere seien und dass sie es im Übrigen schon gekauft habe, zusammen mit einem wunderschönen Wildschweinhäuschen. Es gäbe also nichts mehr zu diskutieren, sie würde es umgehend vorbeibringen.

Als Nonna dann schließlich klingelte, hielt sie einen Käfig in den Händen.

Wie gebannt starrten wir hinein – und sahen ein flauschiges kleines Meerschweinchen.

Selbst Mum amüsierte sich köstlich über das Missverständnis. Trotzdem habe ich das Meerschweinchen zurück in die Zoohandlung gebracht, denn ich ertrage es einfach nicht, Tiere in Käfigen zu sehen. Stattdessen habe ich dafür einen Skizzenblock und Bella das Armband-Bastelset bekommen.

Auf dem Weg zur Schule redete Chloe wie ein Wasserfall, aber ehrlich gesagt hörte ich kaum zu. Mir rauchte der Kopf vor lauter Stress und Problemewälzerei. Am liebsten hätte ich ihn abgeschraubt und irgendwo zum Abkühlen hingelegt.

So ein Mist, jetzt dachte Bella also, Dad würde zu ihrer Geburtstagsparty kommen. Was für ein Desaster! Warum hatte ich ihr nur geschrieben?

Und obendrein war es mir doch tatsächlich gelungen, meinen Neuanfang auf der Highschool gleich in der ersten Woche zu versauen.

Mir war richtig schlecht, als wir durch das Schultor traten.

Sicherheitshalber lief ich den ganzen Vormittag mit eingezogenem Kopf herum, damit Joanne Pyke mich nicht erspähte. Zum Glück war sie nicht in meinem Jahrgang. Der Unterricht ging komplett an mir vorbei. Stattdessen zermarterte ich mir das Hirn nach Lösungen für meine Probleme, nach einer Möglichkeit, das Ruder herumzureißen.

Schließich fasste ich mir ein Herz und nahm das erste Problem in Angriff: Ich bat meine Klassenlehrerin, Mrs DeLuca, mich von Miss Figgis' Kurs zu befreien. Doch sie sagte, dieser Kurs sei für einige Schüler obligatorisch und ich gehöre nun einmal dazu.

In der Pause schlug ich das Wort »obligatorisch« im Schulwörterbuch nach und begriff, dass es so viel hieß wie: »Pech gehabt, du hast keine andere Wahl«. So stand es natürlich nicht wortwörtlich da. Was eigentlich schade war. Stellt euch mal vor, wie viel lustiger ein Wörterbuch mit solchen Einträgen wäre! Aber insgesamt war Mrs DeLucas Auskunft natürlich *molto* frustrierend.

Leider war die Pause damit auch schon vorbei und ich musste zurück in mein Klassenzimmer. Highschool ist echt nervig. Da werden einem haufenweise Fächer aufgebrummt – Geschichte, Französisch oder Erdkunde zum Beispiel –, die nun wirklich kein Mensch braucht. Und überhaupt: Beim Verlassen des Klassenraums ist der Stoff, den sie in uns reinstopfen, doch ohnehin gleich wieder vergessen. Die sollten uns lieber beibringen, wie man sich vor Dingen drückt, die man absolut nicht machen will.

Oder wie man Probleme löst. Oder gewalttätige Mädchen loswird. Aber nein, stattdessen muss man Algebra lernen – was so was von überflüssig ist, wenn man traumatisiert ist von einem Kurs für traumatisierte Kinder, zu dem man verdonnert wurde.

Als ich gerade mein Zeug verstauen wollte, sah ich den Schließfachjungen. Ich machte auf dem Absatz kehrt, trat ans Fenster und tat so, als würde ich dem Gärtner beim Rasenmähen zusehen. Ein verzweifelter Versuch, den Schließfachjungen in die allerhinterste Ecke meines Hirns zu verbannen. Der war nun wirklich mein kleinstes Problem. Dabei standen in meinem Kopf sofort alle Schalter auf: »Mmmh, wie gut!«, was sonst eigentlich nur bei Schokokuchen mit dicker Schokoglasur der Fall ist. Und das war Welten entfernt von »Igitt, wie widerlich!« – meinem Standardreflex beim Anblick von Hundehaufen oder vollgeschnäuzten Taschentüchern.

Als ich nach Unterrichtsschluss endlich durch das Schultor trat, ging Joanne, umgeben von ein paar älteren Schülern, ein Stück vor mir. Ein großes Stück, zum Glück. Doch plötzlich, völlig unvermittelt, drehte sie sich um und starrte mich an. Und dann lächelte sie das kälteste, fieseste Lächeln, das ich je gesehen hatte. In dem Moment war mir klar: Ich bräuchte deutlich mehr als ein paar lumpige Karate-Übungen, um heil aus dem Schlamassel rauszukommen.

Zehn - Dieci - Jū

Gleich nach dem Abendessen verschwand ich in meinem Zimmer und schloss die Tür. Mum half Bella bei ihren Naturkunde-Hausaufgaben, wobei sie sich total zusammenreißen musste, um nicht auszuflippen, weil Bella sich einfach nicht konzentrieren konnte. Das hätte sie nicht mal geschafft, wenn es um Leben oder Tod gegangen wäre.

Mir wuchs das alles über den Kopf.

Ich versuchte nicht durchzudrehen, doch es war zwecklos: Ich spürte die Panik in mir hochsteigen wie Wasser in einem sinkenden Schiff. Wie schnell das gehen konnte, hatten Nonna und ich in dem *Titanic*-Film gesehen, bei dem Nonna mindestens eine halbe Packung Taschentücher vollgeheult hatte. Wahrscheinlich hatte sie die ganze Zeit an Nonno (meinen Opa) denken müssen, der bei einem Autounfall ums Leben gekommen war, lange vor meiner Geburt. Aber das nur nebenbei.

Mein Brustkorb war wie zugeschnürt und mir wurde ganz schwummerig. Wenn ich nicht bald mit jemandem reden konnte, würde ich explodieren. Leider war Mum in diesem Fall die falsche Adresse. Wenn ich ihr von der gruseligen Schlägerbraut erzählte, die mir im Nacken saß, würde sie nur sagen: »Tja, das kommt davon, wenn man Leuten den Arm auf den Rücken dreht.« Und dann würde sie mir einen schwachsinnigen Ratschlag geben wie: »Geh ins Bett und schlaf erst mal eine Nacht drüber.«

Und Nonna? Nonna würde das Fenster aufreißen und aus vollem Hals nach der Polizei rufen oder irgendwas anderes Superdramatisches, Superpeinliches quer durch die Straße brüllen. Nach dem Motto: »Wenn irgendjemand meinen Enkelinnen zu nahe kommt, bringe ich ihn um. Eigenhändig. Ihn und seine gesamte Familie!«

Richtig enge Freunde, die mir helfen konnten, hatte ich auch nicht. Und Bella war … nun ja … eben Bella.

Plötzlich musste ich an das kleine Mädchen im Park denken.

Die hatte ihren Vater.

Und wo war *mein* Vater? Wenn es je einen Moment gegeben hatte, in dem ich ihn wirklich gebraucht hätte, dann jetzt. Ich ging zu meiner Kommode, zog die unterste Schublade heraus und stellte sie auf den Boden. Dann fischte ich in dem Hohlraum nach dem Foto.

Lange starrte ich es einfach nur an. Und zum ersten Mal, seit ich denken konnte, war ich ihm nicht böse, hasste ich ihn nicht dafür, dass er weggegangen war. Zum ersten Mal erzeugte sein Anblick keine dunklen, gärenden Gedanken.

Ich vermisste ihn einfach nur – obwohl ich keine konkrete Erinnerung an ihn hatte. Aber das war egal. Er war mein Vater und ich weiß noch, wie es sich angefühlt hat, ihn bei mir zu haben. Ich vermisste ihn so sehr, dass das schwarze Loch in mir wuchs und wuchs und schließlich so groß war, dass ich fürchtete, gleich platzen zu müssen. Da war kaum noch Raum für Atemluft. Schließlich legte ich das Foto zurück, schob die Schublade an ihren Platz und rollte mich wie ein Igel auf meinem Bett zusammen. So lag ich da und hoffte, dass sich meine Verzweiflung wie ein Funksignal durch den Raum fortpflanzte, immer weiter, bis es meinen Vater erreichte. Damit er kam und mir half.

Eine halbe Ewigkeit kauerte ich so, mindestens zwanzig Minuten.

Aber er klopfte nicht an meine Tür.

Nur das schwarze Loch wuchs weiter, bis es von innen gegen meinen Hals drückte.

Dad war weg.

Und es gab nur eine Sache, bei der ich wieder durchatmen und den Schmerz vergessen konnte. Also setzte ich mich auf, schwarzes Loch hin oder her, und wischte mir über die Augen. Dann nahm ich den Skizzenblock vom Schreibtisch und griff nach meinem Lieblings-4H-Bleistift aus dem Stifteglas. Ich hockte mich im Schneidersitz auf den Boden und fühlte mich sofort besser.

Zeichnen hat mir schon immer geholfen meine Gedanken und die Dinge um mich herum zu ordnen, denn auf dem Papier kann man sich die Welt so zeichnen, wie man sie haben will. Man kann alles besser malen, als es in Wirklichkeit ist. Und wenn es eine Situation gab, die dringend verbessert werden musste, dann war es die, in der ich gerade steckte.

Mein Stift begann über das Papier zu fliegen. Ich dachte überhaupt nicht nach, zeichnete einfach drauflos. Es war, als hätte meine Hand das Steuer übernommen. Mein Gehirn war auf Stand-by geschaltet.

Nach einer Weile sahen die Linien auf dem Skizzenblock aus wie ein Bein. Das Bein wuchs und wuchs und an seinem oberen Ende tauchten weitere Linien auf. Kurz darauf entdeckte ich einen Arm und dann noch einen. Und all diese Gliedmaßen waren durch einen riesigen, kräftigen Körper miteinander verbunden, an deren oberen Ende ein Kopf saß. Verblüfft starrte ich das komische Gebilde an, das sich da von dem weißen Papier abhob.

Es war ein bärenstarker Beschützervater, der aufrecht und stolz dastand. Mit einem Umhang und einer Maske vor dem Gesicht.

Schon komisch, wie er da so plötzlich aufgetaucht war. Wie aus dem Nichts. Ich musste grinsen. »Hey«, platzte es aus mir heraus und ich stellte mir vor, wie der Skizzenmann antwortete.

»Selber hey. Was ist los?«

»Och, du weißt schon, dies und das.«

Und während wir so plauderten, wurde er immer greifbarer für mich.

Ich nahm ein neues Blatt und malte ihn noch einmal, wieder mit Maske und Umhang, fügte allerdings ein paar Details hinzu.

Unglaublich, wie lebendig er wirkte!

Ich starrte auf das Blatt Papier.

Der Anblick machte mich richtig glücklich. Und je länger ich darüber nachdachte, desto besser gefiel mir die Idee eines erfundenen Dads.

Echte Väter werden schnell mal müde und mürrisch. Sie müssen ständig arbeiten, eigentlich rund um die Uhr. Und die meisten von ihnen haben keine Ahnung von geheimen Karatetechniken. Einige sind öfter mal betrunken und schreien rum. Die meisten haben Rückenprobleme und stöhnen die ganze Zeit. Und das Schlimmste: Sie können wahnsinnig einfallslos sein. Sie würden zum Beispiel nie auf die Idee kommen, zusammen zum Kitesurfen zu gehen. Klar, nicht alle Väter sind so, es gibt auch nette Ausnahmen.

Und zu diesen Ausnahmen gehörte eindeutig mein Skizzen-Dad, der war einfach perfekt!

Ganz klar: Er hatte massenhaft Zeit und war immer für mich da.

Man konnte über alles mit ihm reden.

Er hatte Geld, was nicht unwichtig ist, denn Dads müssen in der Lage sein, ihren Kindern Zeug zu kaufen.

Er war unglaublich klug und man hatte immer einen Riesenspaß mit ihm.

Er umsorgte mich.

Und er würde sich nie, nie im Leben aus dem Staub machen.

Kurz: Er war so, wie ein Vater sein sollte.

Und weil es sich so gut anfühlte, ihn bei mir zu haben, beschloss ich etwas auszuprobieren. Ich nahm ein neues Blatt Papier, holte tief Luft und malte ihn noch einmal: wie er mit mir zusammen in meinem Zimmer saß.

Der perfekte Dad.

Es war der helle Wahnsinn.

Schließlich ging ich noch einen Schritt weiter: Ich schloss die

Augen und stellte mir vor, dass der Dad auf meinem Skizzenblock nicht nur auf dem Papier existierte – sondern dass er *wirklich* auf meiner Bettkante saß.

Und ob ihr's glaubt oder nicht: Da war er, so echt wie nur was.

Probehalber sprach ich ihn an: »Puh, ich hab mich so tief in Probleme verstrickt, dass ich morgen am liebsten den ganzen Tag im Bett bleiben würde«, sagte ich.

Und tatsächlich, er antwortete: »Hm, du kannst nicht einfach so mitten in der Geschichte anfangen, du musst schon von vorne beginnen, sonst komme ich nicht mit.«

»Wer sagt das?«

»Ich.«

»Okay. Was willst du wissen?«

»Alles, und hübsch der Reihe nach.« Er streckte und reckte sich einmal kurz und machte es sich dann auf meinem Bett gemütlich.

Und so fing ich an zu erzählen.

Elf – Undici – Jū ichi

»Zu allererst: Ich hasse meinen Namen! Amber alleine wäre ja noch ganz okay, aber zusammen mit Alessandra, Leola, Kimiko und Miyamoto klingt er einfach nur bekloppt.«

»Mach doch einen netten Spitznamen draus. Wie wär's zum Beispiel mit … Sandra?«, schlug mein Skizzen-Dad vor. »Oder Kimi? Oder du verbindest zwei Namen miteinander: Leoliko.«

»Vielleicht sollte ich ihn einfach komplett ändern? In Scarlett oder so«, sagte ich. »Das klingt doch cool.«

»Mein Favorit ist Leoliko«, erwiderte er.

»Ach, lassen wir das. Ich hab ganz andere Probleme.«

Und dann schilderte ich ihm, wie ich Tommy Pyke den Arm verdreht hatte, und erzählte von Joanne.

»Und rate, wie Joanne mit Nachnamen heißt?«

»Wong?«

»Pyke. Und: Sie hat es echt auf mich abgesehen.«

Aber die Joanne-Sache schien ihn nicht sonderlich zu beeindrucken.

»Dann verdreh ihr doch einfach auch den Arm«, schlug er vor.

»Kann ich nicht. Die ist riesig und superaggressiv. Die bringt mich glatt um.«

»Ach was, wir werden ihr schon zeigen, wer hier der Boss ist.«

Ich wollte ihn lieber nicht daran erinnern, dass er nicht echt war und ich morgen in der Schule wieder auf mich allein gestellt sein würde.

Deshalb wechselte ich das Thema und erzählte ihm von Miss Figgis' Kurs und wie sehr ich den hasste. Und von dem Schließfachjungen, der mein Blut zum Kochen brachte und irgendwie dafür sorgte, dass ich in seiner Gegenwart nie genug Sauerstoff im Hirn hatte. Und auch von dem schwarzen Loch, das meine Gedanken so verdüsterte. Und von der Bestie, die in dieser Dunkelheit wuchs und wuchs und mittlerweile unter meinem Bett hauste – ein großes, furchterregendes Monster, das immer dann fauchend und knurrend zum Vorschein kam, wenn ich mich klein und elend und wie der letzte Dreck fühlte.

Und zum Schluss erzählte ich ihm noch von Bella und dem Brief.

Während der ganzen Zeit hörte er ruhig zu. Und hörte zu. Und hörte noch weiter zu.

Dann schwieg er eine Weile. Wahrscheinlich musste er das alles erst mal verdauen.

Schließlich sagte er: »Puh, meine Liebe, du steckst ja wirklich ganz schön tief drin.«

Mir rutschte das Herz in die Hose.

»Und was soll ich jetzt machen? Bella denkt, dass Dad zu ihrer Geburtstagsfeier kommt! Und dass er der König von sonst was ist. Und sie die dazugehörige Prinzessin.«

»Hm, das ist wirklich kompliziert. Was wünschst du dir

denn?«, fragte er. »Ich meine, von mir. Was kann ich für dich tun?«

Ich setzte mich auf. »Ich könnte ein bisschen Hilfe gebrauchen«, antwortete ich. »Zuallererst wäre ich gerne eine unerschrockene Kriegerin – eine Karate-Großmeisterin mit schwarzem Gürtel oder so. Auf jeden Fall kein Schisshase. Wer weiß, vielleicht schlummert tief in mir drinnen ja sogar eine Kriegerin, die nur darauf wartet, geweckt zu werden? Dann wäre es jetzt wirklich höchste Zeit, dass sie ihr Nickerchen beendet, denn ich hab keine Lust, mir von Joanne das Leben zur Hölle machen zu lassen.«

»Verständlich. Ist das alles?«

»Na ja, es wäre auch ganz cool, wenn ich mal mit dem Schließfachjungen reden könnte. Vielleicht freunden wir uns ja an, einfach nur so. Und dann wünsche ich mir noch eine richtige beste Freundin. Eine, mit der ich gerne zusammen bin und die gerne mit mir zusammen ist. Und es wäre toll, wenn ich mich mal vollständig fühlen würde und nicht immer nur zur einen Hälfte dies und zur anderen Hälfte das.«

Er nickte: »Oookay.«

»Und wenn du schon dabei bist: Dieses schwarze Loch, das herumwirbelt, wenn ich an meinen Dad denke, könntest du das bitte verschwinden lassen? Genau wie das Monster unter meinem Bett? Und dann bräuchte ich wirklich superdringend ein Smartphone. Und als Allerletztes wünsche ich mir etwas für Bella: dass Dad nicht zu ihrer Geburtstagsfeier kommt.«

Er stieß einen langen, nachdenklichen Pfiff aus. »Das sind nicht gerade wenige Wünsche, was?«

Ich ließ den Kopf hängen. Obwohl ich meinen Traumvater an meiner Seite hatte, waren meine Probleme offenbar immer noch unlösbar.

»Aber nichts ist unmöglich«, fügte er hinzu, als könnte er Gedanken lesen. Was ich ziemlich beeindruckend fand.

»Echt? Meinst du das ernst?«

»Natürlich. Nichts ist unmöglich – außer vielleicht einem Beinamputierten steppen beizubringen. Oder ein zerbrochenes Ei zu kitten. Oder mit einem Pferd Spanisch zu reden ...«

»Okay, hab's kapiert. Aber was machen wir jetzt? Wirst du mir helfen?«

»Warum bin ich wohl sonst hier, hm?«

Ein Tsunami der Erleichterung überrollte mich. »Wow! Das ist supergenial! Womit fangen wir an?«

»Mit Bella. Du musst ihr zurückschreiben. Und zwar die Wahrheit.«

Ich nickte. Natürlich! Ohne lange zu überlegen, kramte ich Stift und Zettel hervor und machte mich ans Werk.

Zwölf – Dodici – Jū ni

Liebe Bella,
ich hoffe, Du verstehst, DASS ICH NICHT ZU DEINER GEBURTSTAGSFEIER KOMMEN KANN. Ich bin, wie gesagt, auf einer SEHR WICHTIGEN MISSION, die es mir ABSOLUT UNMÖGLICH macht vorbeizuschauen. Absolut und definitiv unmöglich.
Ich bin übrigens ein GANZ GEWÖHNLICHER Mensch, wohl einer der NORMALSTEN und UNKÖNIGLICHSTEN Menschen der Welt. Überhaupt NICHTS BESONDERES, WEDER REICH NOCH IN IRGENDEINER WEISE WICHTIG. Also eigentlich ZIEMLICH LANGWEILIG, mal abgesehen von den Missionen, auf die ich gelegentlich geschickt werde – wie z.B. demnächst, wenn Du Geburtstag hast, WAS LEIDER BEDEUTET, DASS ICH NICHT ZU DEINER FEIER KOMMEN KANN.
Bist Du übrigens sicher, dass es sich um ein Einhorn-Kostüm handelt? Aber ich kann es ja sowieso nicht sehen, WEIL ICH LEIDER NICHT KOMMEN KANN.
Ich hoffe natürlich, dass Ihr ganz viel Spaß haben werdet.
Ich drück Dich.
Dad

Dreizehn – Tredici – Jū san

Ich beschloss Bella den Brief zu geben, bevor sie ins Bett ging.

Diesmal, das könnt ihr mir glauben, hatte ich Nägel mit Köpfen gemacht. Diesmal würde die Botschaft ankommen.

Ich steckte den Brief in den Umschlag und adressierte ihn mit verstellter Schrift an Bella.

Dann klebte ich eine Briefmarke drauf, die ich von einer alten Postkarte aus dem Papiermüll abgeschnitten hatte. Damit man meine Fingerabdrücke nicht zurückverfolgen konnte, hatte ich mir dafür extra Gummihandschuhe übergezogen. Keine Ahnung, warum ich so vorsichtig war, Bella hätte überhaupt nicht gewusst, wie man Fingerabdrücke untersucht. Aber egal, die Geheimnistuerei machte Spaß.

Schließlich ging ich zu ihrem Zimmer und klopfte.

»Ich schlafe schon!«, tönte es heraus.

Ich öffnete die Tür einen Spaltbreit und spähte hinein. Bella lag in ihrem Bett. Sie hatte Angst im Dunkeln, deshalb ließ sie immer ein kleines Nachtlicht brennen. Oh Gott, vielleicht hauste bei ihr ja auch ein Monster? Darüber hatte ich noch nie nachgedacht.

Bella kniff ihre Augen so fest zu, dass die Augenlider zuckten.

»Ich weiß, dass du noch nicht schläfst, Bella. Und du wirst

auch gar nicht schlafen wollen, wenn du siehst, was ich hier habe.«

Sofort klappten ihre Augen einen winzigen Spalt auf.

»Du hast schon wieder einen Brief bekommen. Hab ich auf der Fußmatte gefunden.«

Zum Glück hatte Bella nicht den geringsten Schimmer, dass Postboten abends keine Briefe zustellen.

Sie schoss aus dem Bett und versuchte mir den Umschlag aus der Hand zu reißen, aber ich hielt ihn so hoch, dass sie mir in die Augen sehen musste.

»Der ist von Dad«, sagte ich, »und du musst mir erzählen, was er schreibt, okay? Wort für Wort.«

»Aber vielleicht stehen Sachen drin, die ich nicht weitersagen darf«, entgegnete sie und sprang hoch, um sich den Brief zu schnappen. »Geheimnisse. Zwischen mir und ihm.«

»Bella …«

»Okay, okay.«

Ich reichte ihr den Brief und verließ das Zimmer.

Diesmal musste sie es einfach kapieren.

Es war spät und ich hatte meine Hausaufgaben noch nicht gemacht.

Für Französisch musste ich sämtliche Möbelstücke in meinem Zimmer benennen, mein Bett, meine Lampe und meinen Schreibtisch zum Beispiel. Da ich jedoch noch kein Französisch konnte, fragte ich mich, woher ich die Bezeichnungen wissen sollte.

In Mathe sollte ich Brüche multiplizieren, doch der bloße Gedanke daran ließ mein Gehirn zusammenschrumpeln und sich hinter meinem Ohr verstecken.

Für Kunst sollte ich einen Apfel malen. Klar, dass ich damit anfing.

Ich nahm mir den letzten aus der Obstschale, ein etwas runzeliges Exemplar, und legte ihn vor mich auf den Küchentisch. Dann schob ich den Brief- und Bücherstapel und alles, was sich sonst noch so angehäuft hatte, beiseite, damit ich das Zeug nicht mitzeichnen musste. Das Licht war okay. In den Ecken war es zwar ziemlich dunkel, aber der Apfel war beleuchtet und warf einen schönen Schatten auf die hölzerne Tischplatte.

Während ich zeichnete, dachte ich über Bella nach.

Würde Dads Geburtstagsabsage sie sehr traurig machen?

Würde sie ihr Leben lang so verrückt und anstrengend sein wie jetzt?

Hatte Nonna ihr wirklich ein Einhorn-Kostüm gekauft?

In dem Moment kam eine SMS von Chloe, die eine Frage wegen der Französisch-Hausaufgabe hatte. Ich nannte ihr schnell die Seitenzahl im Arbeitsbuch und wandte mich wieder meinem Apfel zu. Drei weitere Nachrichten folgten, alle von Chloe, doch die ignorierte ich. Ich war beschäftigt. Als Hausaufgabe Äpfel zu zeichnen machte mir nichts aus. Das war etwas völlig anderes als ein frei gestaltetes Bild abzugeben. Nicht so persönlich. Mit einem Apfelbild konnte ich leben.

Irgendwann schrie Mum plötzlich, ich solle ins Bett gehen.

Erstaunt warf ich einen Blick auf die Uhr. Uuups. Und dabei

hatte ich mit Mathe und Französisch noch nicht mal angefangen. Dafür sah der Apfel ziemlich gut aus.

Auf Zehenspitzen tappte ich durch den Flur, um Bella nicht zu wecken. Aber gerade als ich an ihrem Zimmer vorbeikam, öffnete sie die Tür. Vor lauter Schreck machte ich einen Satz vorwärts.

»Puh, hast du mich erschreckt«, keuchte ich. »Was machst du noch hier?«

»Ich geh aufs Klo.«

Sie sah kein bisschen traurig aus. Überhaupt nicht. Nicht im Geringsten.

»Wie … wie geht's dir? Alles in Ordnung?«, fragte ich mit leiser Vorahnung.

»Ja-ha. Muss nur schnell Pipi machen.«

»Das wollte ich jetzt gar nicht so genau wissen. Was steht in dem Brief?«

»Nichts.«

Mum musste uns gehört haben, denn sie rief aus ihrem Zimmer: »Bella, Abmarsch ins Bett. Und du auch, Ambra.«

»Bella«, zischte ich. »Nun sag schon!«

»Okay, okay, er hat mir gesagt, ich soll heute Abend den Mond angucken.«

»WAS???«

»Mein Gott, bist du taub? Er hat geschrieben, ich soll heute Abend den Mond angucken.«

»Was? Warum?«

»Ambra! Zwing mich nicht aufzustehen und rüberzukommen!«, rief Mum. Sie nennt mich übrigens nur Ambra, wenn sie sich über mich ärgert. Das ist eigentlich ganz praktisch, denn so weiß ich immer, wann ein Donnerwetter droht, und kann mich wappnen. Gleichzeitig ist es aber auch blöd, denn Angst hab ich natürlich trotzdem.

Bella versuchte zu flüstern, obwohl sie darin echt mies ist. Ihre Flüsterstimme ist fast genauso laut wie ihre normale. Aber okay, wenigstens bemühte sie sich. »Weil, wo auch immer Dad gerade ist, er schaut denselben Mond an wie wir.«

»DEN MOND?«

»Amber, pssst! Schrei doch nicht so! Wenn Mum dich jetzt noch über den Mond faseln hört, denkt sie, du bist endgültig übergeschnappt.«

Uargh!

»Denk nach, Bella, denk nach. Ist das alles, was er geschrieben hat? Nichts über deine Geburtstagsfeier?«

»Stell dir mal vor, der Mond wäre ein Spiegel, Amber. Dann könnten wir sehen, wie er hochguckt, und ihm zuwinken. Das wär doch cool, oder?«

»Bella, bitte. Denk doch noch mal an den Brief. Steht da gar nichts über deine Geburtstagsfeier drin? Oder vielleicht darüber, dass er kein König ist und dass du das alles nur falsch verstanden hast?«

Bella sah mich an, als würde ich Russisch sprechen. »Du bist so was von neugierig! Wenn du was über Dad wissen willst, dann schreib ihm doch einfach selber.«

Da hörten wir, wie Mum ihren knarzenden Stuhl zurückschob und quer durch ihr Zimmer auf uns zugestapft kam. Wie der Blitz schoss ich in mein Zimmer und Bella sauste ins Bad und verriegelte die Tür.

Die halbe Nacht dachte ich über den Mond nach und über Bella und darüber, wie unendlich verfahren diese ganze verdammte Dad-Geschichte war. Ich konnte ewig nicht einschlafen. Das Monster unter meinem Bett fing an zu schnarchen und ich hatte absolut keine Lust, es aufzuwecken und in meinen Kopf zu lassen. Also dachte ich schnell an witzige, unkomplizierte Sachen, zum Beispiel an verschiedene Smartphone-Apps und an die Druckbleistifte, die ich mir kaufen würde.

Und dann ploppte aus irgendeinem Grund plötzlich der Schließfachjunge in meinen Gedanken auf. Puh, diese Jungsgeschichte war echt neu für mich – und ganz schön verwirrend.

Da konnte es vielleicht nicht schaden, einen Stift und ein Blatt Papier hervorzuholen und meinen Traumvater zu zeichnen.

»Bist du hier?«, flüsterte ich der Zeichnung zu. Zum Glück beobachtete mich niemand – man hätte mich für total plemplem gehalten.

»Natürlich«, antwortete er.

»Darf ich dich was fragen?«

»Klar, du darfst mich alles fragen.«

Ich stützte mich auf einen Ellbogen und stellte mir vor, dass mein gezeichneter Dad lesend am Fußende meines Bettes saß – nicht aus Papier, sondern lebendig und in 3D.

»Also, da gibt es so einen Jungen …«

»Ah, jetzt wird's spannend.« Er grinste und ließ sein Buch sinken.

»Nein, nicht, was du denkst. Es ist nur so, dass ich mich merkwürdig und *stupida* fühle, wann immer ich in seiner Nähe bin.«

»Ja, das Gefühl kenne ich.«

»Aber woher soll ich wissen, ob er mich mag? Jungs sind so seltsam. Wie funktionieren ihre Gehirne?«

»HAHAHAHAHAH!« Er musste so sehr lachen, dass er fast von der Bettkante gerutscht wäre. »Du kannst dein ganzes Leben lang versuchen das zu begreifen, es wird dir nicht gelingen. Pass auf, ich sag's dir. Bereit?«

»Bereit.«

»Okay, dann lege ich mal los:

Erstens: Er ignoriert dich.

Zweitens: Er haut dir schnippische Bemerkungen um die Ohren, dreht sich um und geht.

Drittens: Er macht sich über dich lustig.

Viertens: Er wirft kleinere Gegenstände nach dir.

Fünftens: Er denkt sich blöde Spitznamen für dich aus.

Sechstens: Er boxt und knufft dich bei jeder sich bietenden Gelegenheit.«

»Wow«, sagte ich und hob den Kopf, um zu sehen, ob er das alles ernst meinte. »Woher weißt du das?«

»Ich schau mir regelmäßig *Das Leben auf dem Jungsplaneten* an. Solltest du auch machen. Dann verstehst du sofort, warum sich Jungs so merkwürdig verhalten.«

»Okay, das alles tun sie also, wenn sie einen *mögen*. Blöderweise tun sie genau das Gleiche, wenn sie einen *nicht* mögen. Wie erkennt man den Unterschied?«

»Gar nicht. Man kann nur raten. Manchmal jedenfalls.«

Ich dachte darüber nach. Sehr hilfreich war es nicht. Und trotzdem: Es war cool, plötzlich jemanden zu haben, mit dem ich über Jungs und ihre komischen Eigenheiten reden konnte.

Vierzehn - Quarttordici - Jū shi

Freitage sind normalerweise gute Tage. Freitag bedeutet, dass das Wochenende vor der Tür steht. Freitag ist der Fast-geschafft-Tag.

Aber dieser Freitag war genauso mies wie alle anderen Tage in dieser ersten Woche an der Spit-Hill-Highschool. Eigentlich sogar noch mieser. Ich hatte nur einen Wunsch: zurückzuspulen und noch einmal neu anzufangen.

Ich wusch mir das Gesicht, zog meine grässliche kratzende Schuluniform an und band mir die Haare zusammen. Chloe und ihr hypermodernes Smartphone wussten, wann der Bus kam, also stapfte ich durch den Regen zur Bushaltestelle, um sie dort zu treffen. Verdammt, ich brauchte auch ein Smartphone! Neues Zeichenequipment benötigte ich zwar auch, aber ein Smartphone war l-e-b-e-n-s-n-o-t-w-e-n-d-i-g. Damit ich nicht an Untertechnologisierung starb. Wenn ich nicht bald eine eigene Bus-App besaß, dann würde ich bis ans Ende meiner Tage mit Chloe zur Schule fahren oder mir an der Haltestelle wie ein Steinzeitmensch die Beine in den Bauch stehen müssen. Na gut, die hatten damals noch keine Busse, aber trotzdem.

Mrs Venables, die unter uns wohnt, lächelte und winkte mir zu, als sie mit ihrem limettengrünen Auto in die entgegengesetzte Richtung davonbrauste. Ich hatte ein bisschen Angst vor ihr, weil sie ihre Kinder andauernd anschrie und immer so aussah, als wäre sie kurz vorm Ausflippen. Aber ich lächelte und winkte trotzdem zurück, denn ich dachte inzwischen über mögliche Jobs nach. Wie konnte ich Geld verdienen? Ich hatte fünfzig Pfund. Sechzig Pfund mehr, und es würde für ein JUPITER reichen, das coolste Smartphone aller Zeiten. Außer dem iPhone natürlich, aber das kostete ja Millionen. Und außer einigen anderen superteuren Geräten, die *sugoi* Skizzen-Apps und tolle Eingabestifte hatten (*sugoi* heißt übrigens »großartig« auf Japanisch). Verdammt, warum musste das Leben so teuer sein?

Als Mrs Venables an mir vorbeifuhr, kam mir jedenfalls die Idee, dass ich vielleicht für ihre Familie ein bisschen arbeiten könnte. Zum Beispiel den Kindern bei den Hausaufgaben helfen oder den Tisch decken. Mrs Venables kam nämlich immer total spät von der Arbeit. Zwar war Mr Venables meistens zu Hause, doch der hockte die ganze Zeit vorm Fernseher und sah Fußball oder irgendwelche Quizshows. Durch die Zimmerdecke, also unseren Fußboden, konnte ich jedenfalls immer den Beifall der Zuschauer im Studio hören. Kein Wunder, dass Mrs Venables so aussah, wie sie aussah. Quizshows und Fußball in Dauerschleife würden mich auch wahnsinnig machen.

Chloe wartete bereits an der Haltestelle und gab mir ein Zeichen, mich zu beeilen. Sie stand mit zwei anderen Mädels da, die ich von unserer Jahrgangsversammlung am ersten Schultag kannte. Offenbar hatte sich Chloe bereits mit jedem Schüler, den sie zu fassen bekam, angefreundet und sämtliche Telefonnummern in ihrem Smartphone abgespeichert … dem Smartphone, das sie von ihrem Dad bekommen hatte, als er sich ein neues anschaffte. Die beiden Mädchen, Eva und Millie, wohnten ganz in der Nähe, deshalb hatte Chloe es so arrangiert, dass wir alle zusammen fuhren. Als ich jetzt zu ihnen stieß, redeten sie sich gerade die Köpfe heiß über Justin Bieber und zeigten sich Instagram-Fotos von ihren Hunden und von den Sommerferien. Ich hasste Justin Bieber. Ich hatte keinen Hund. Und verreist waren wir in den Ferien auch nicht.

»Hast du keine Fotos, Amber?«, fragte Millie.

»Äh … mein Handy hat keine Kamera.«

»Was, echt?« Millie schaute mich verblüfft an. »Muss ja ein ganz schönes Omatelefon sein … Ist nicht böse gemeint!«

»Schon gut. Sag einfach Steinzeitmensch zu mir.«

Sie lächelte mich mitleidig und etwas verwirrt an, woraufhin ich aus dem Fenster starrte und mir in meinem Kopf die Welt schönzeichnete.

Einen Moment lang fühlte ich mich tatsächlich besser.

Doch dann erreichten wir die Schule.

In Mathe und Französisch bekam ich Ärger, weil ich die Hausaufgaben nicht gemacht hatte. Zum Glück musste ich nicht nachsitzen, weil es unsere erste Highschool-Woche war, bla, bla, bla, und wir uns erst daran gewöhnen müssten, uns eigenverantwortlich zu organisieren, bla, bla, bla. Nächste Woche würden sie aber nicht mehr so nachsichtig sein, bla, bla, bla, und ich solle unbedingt alles in mein Hausaufgabenheft eintragen, bla, bla,

bla. Rhabarber, Rhabarber, dachte ich, haltet einfach die Klappe und lasst mich in Ruhe.

In der Mittagspause stampfte ich schlecht gelaunt Richtung Mensa – und da sah ich sie! Joanne Pyke. Sie stand mit zwei Freundinnen am anderen Ende des Gangs. Instinktiv zog ich den Kopf ein, doch es war zu spät. Joanne sagte etwas zu ihren Begleiterinnen und auf einmal schienen sie alle drei ganz merkwürdig unter Strom zu stehen. Und dann drehten sie sich ruckartig um und kamen auf mich zu.

Ich erstarrte vor Schreck.

Chloe, Eva und Millie gingen ungefähr zehn Schritte vor mir, laut schnatternd. Als mir endlich klar wurde, dass Schreckstarre kein geeignetes Mittel war, um seinen Verfolgern zu entkommen, versuchte ich sie einzuholen. Doch, ja, ich hatte Freundinnen. Sie würden mir helfen, ganz bestimmt. Sie würden alle herbeispringen, um mich zu verteidigen.

»He, du Zwerg!«, schrie Joanne, während sie unaufhaltsam näher kam. Ich zog den Kopf noch weiter ein und legte einen Zahn zu. »Du bist doch die, die meinen kleinen Bruder verprügelt hat!«

Nicht verprügelt, nur den Arm auf den Rücken gedreht. Und der Typ hat's echt verdient, hätte ich ihr am liebsten zugerufen, aber der Zeitpunkt schien mir nicht ganz ideal.

Jetzt hörte ich, wie die drei hinter mir schneller wurden, also begann auch ich zu rennen. Ich drängte Chloe, Eva und Millie beiseite und sprintete an den Schließfächern vorbei in Richtung der Doppeltür, die auf den Schulhof führte.

»Amber!«, rief Chloe. »Was ist …?«

Ich war mir sicher, dass meine Freundinnen Joanne und ihren Kumpaninnen den Weg versperren oder sie zumindest anbrüllen würden. Joanne würde schon sehen, dass ich eine schlagkräftige Armee auf meiner Seite hatte, und mich in Ruhe lassen. Aber ich hörte nichts. Warum unternahm niemand etwas?

Ich warf einen hektischen Blick über die Schulter – und sah, dass meine sogenannten Freundinnen zur Seite gesprungen waren, um Joanne und ihr Gefolge durchzulassen. Eine Sekunde später – ich hatte die Doppeltür noch nicht erreicht – packte mich eine von Joannes Freundinnen am Arm und hielt mich fest, bis auch die anderen beiden zu uns stießen.

»Komm meinem Bruder noch mal zu nahe, du miese kleine Ratte!«, schnauzte Joanne, während sie mich durch den Gang stießen und schubsten, weg von der Doppeltür.

Und plötzlich sah ich sie: die riesige, stinkige, klebrige Mülltonne am Ende der Schließfachreihe. Oh Gott, sie würden mich in diese Bakterienhölle werfen, zu all den alten Kaugummis und dem schmierigen Pausenbrotpapier. Nein, nein, neeeeeiiiiin!

Sofort machte sich mein Körper steif wie ein Brett, woraufhin sie mich gleich noch fester umklammerten. Eine gigantische Panikwelle brach über mir zusammen und ich begann wie am Spieß zu schreien, aber es hörte sich wahrscheinlich an wie das Fiepen einer Wüstenrennmaus.

Ich spürte, wie das Blut in meinem Kopf pochte und wie sich mit jedem Pochen die Panik weiter in mir ausbreitete. Klebrig. Dreckig. Stinkig. Glibber. Ekel. Keime.

Nein!!!!!

NICHT DA REIN!!!

Ich wand mich und strampelte wie eine Irre, aber es war, als würden mich Stahlklauen festhalten. Die Stinketonne kam immer näher. In wenigen Sekunden würde ich darin verschwinden, wie ein Basketball im Korb. Treffer, versenkt. Da ertönte plötzlich ein Schrei vom anderen Ende des Gangs.

»Joanne Pyke, was zum Teufel geht da vor? Lasst Amber los, aber augenblicklich!«

Es war niemand anderes als Miss Figgis. Nie im Leben hätte ich gedacht, dass es mich einmal so glücklich machen würde, sie zu sehen. Und weil ihre Stimme so laut und schrill und schneidend war, erstarrten die drei mitten in ihrer Bewegung und ließen mich los. Was ziemlich demütigend war, aber natürlich nichts im Vergleich zu der Stinketonne.

»Joanne! Was soll das? Was ist mit all den Atemtechniken, die ich dir beigebracht habe? Geht AUF DER STELLE zu Mrs Hill. Alle drei.«

Die Mädchen funkelten Miss Figgis wütend an und knurrten mir etwas zu, aber dann schnappten sie sich zu meiner Riesenerleichterung ihre Taschen und latschten genervt zum Büro der Schulleiterin, während sie wüste Beschimpfungen vor sich hin murmelten.

Ich glaube, ich fing erst in dem Moment wieder an zu atmen. Dann stand ich auf und klopfte mir den Staub von den Klamotten. Ich hasse Staub. Staub ist eine keimverseuchte Mischung aus Haarresten, Fusseln, Ameisenscheiße und alten Hautschuppen.

»Alles in Ordnung, Amber?«, fragte Miss Figgis.

»Ja, alles okay.« Das war zwar eine glatte Lüge, aber was hätte ich sonst sagen sollen?

»Kannst du mal kurz zu mir kommen?«

Ich spürte Tausende von Augenpaaren im Nacken, als Miss Figgis mit mir zu der Doppeltür ging, durch die ich eigentlich hatte entkommen wollen. Die Option war immer noch ziemlich verlockend. Ich überlegte kurz, ob ich einfach hinausstürzen, über den Zaun klettern und nach Hause rennen sollte.

Um nie wiederzukommen.

»Wir sprechen am Dienstag in unserem Kurs über den Vorfall«, verkündete Miss Figgis mit resoluter Stimme.

»Oh, bitte nicht. Ich möchte nicht darüber sprechen, wenn Joanne dabei ist.«

»Ach ja? Nun, dann sollten wir beide wohl jetzt reden«, sagte sie. »Komm, gehen wir.«

Ich verdrehte die Augen, schulterte meine Tasche und folgte Miss Figgis zum Lehrerzimmer, wo sie mich für die Geschichtsstunde bei meinem Klassenlehrer entschuldigte. Na, wenigstens ein kleiner Trost.

»Du musst etwas essen. Sollen wir zusammen in die Mensa gehen?«

Oh Gott, alles, bloß das nicht!

»Ähm … nee, ist schon okay. Ich hab noch ein Brot dabei.«

»Gut. Dann isst du das jetzt und kommst danach bitte in den Philosophietrakt, Raum sechs.«

Wie benommen nickte ich und schlich davon.

Ich fühlte mich wie Katniss in der Arena. Ihr wisst schon: *Die Tribute von Panem.* Blutrünstige Blicke verfolgten jede meiner Bewegungen, weshalb ich den Kopf hartnäckig gesenkt hielt. Ich hatte nicht die geringste Lust, mich zu meinen vermeintlichen Freundinnen zu gesellen, doch leider kam mir Chloe im Gang entgegengerannt. Sie sah aus, als würde sie sich vor lauter Aufregung gleich in die Hose pinkeln.

»Wieso ist diese Wrestlerin hinter dir her?«, rief sie quer über den Flur.

Nichts lag mir ferner, als die Sache zu vertiefen. Also sagte ich nur: »Ach, das ist nur ein blödes Missverständnis.« Was ja stimmte.

Ich konnte Chloe, Eva und Millie schlecht vorwerfen, mich nicht verteidigt zu haben. Sie kannten mich ja kaum. Und ich hatte ihnen auch nicht gerade meine Schokoladenseite gezeigt: Während der Busfahrt hatte ich sie nur angeschwiegen. Außerdem war Joanne Pyke so muskelbepackt wie eine Olympiasiegerin im Kugelstoßen, mit Oberarmen wie Baumstämme.

Nachdem ich mein Brot aufgegessen hatte, irrte ich eine halbe Ewigkeit durch den Philosophietrakt, auf der Suche nach Raum sechs. Miss Figgis wartete bereits, von Kopf bis Fuß grün gekleidet, was mir vorher – auf dem Fußboden vor der Mülltonne liegend – gar nicht aufgefallen war.

»Komm, setz dich, Amber«, sagte sie.

Ich ging auf einen der Stühle zu und spürte, wie die Tränen in mir aufstiegen. Aber ich wollte nicht, dass Miss Figgis mich weinen sah. Und ich wollte auch nicht mit ihr reden, dazu fühlte ich mich noch zu gedemütigt und geschockt von den Mülltonnenkeimen, mit denen ich um ein Haar in Berührung gekommen wäre. Gleichzeitig war ich ihr aber irgendwie eine Antwort schuldig, denn ohne ihr Eingreifen wäre ich definitiv in der Tonne gelandet.

»Was war da los zwischen dir und Joanne?«, fragte sie, als ich mich setzte. »Warum tyrannisiert sie dich? Du bist doch erst seit einer Woche auf der Schule.«

»Sie tyrannisiert mich nicht«, murmelte ich. »Sie wollte mich nur in die Mülltonne stopfen.«

Miss Figgis schaute mich an, als hätte ich nicht alle Tassen im Schrank. »Und was, glaubst du, ist tyrannisieren, Amber?«

»Das bedeutet, jemand hackt ständig auf einem rum und will einem wehtun oder Geld klauen oder so was.«

»Und du findest nicht, dass Joanne auf dir herumhackt? Dir wehtun will? Sich über dich lustig macht? Ich denke doch, dass sie genau das tut. Und du selbst hast diese Art von Verhalten eben als ›tyrannisieren‹ bezeichnet.«

Hm, da hatte sie nicht Unrecht. Aber sie wusste natürlich nicht, was ich mit Joannes Bruder gemacht hatte.

»Ich denke, du solltest mir die Geschichte von Anfang an erzählen«, schlug sie vor und band ihre braunen Zuckerwattehaare zurück.

Also packte ich zähneknirschend aus. Obwohl ich ahnte, dass das keine gute Idee war.

Als ich meine Ausführungen beendet hatte, seufzte Miss Figgis. »Was für ein Schlamassel. Du musst mir jetzt etwas versprechen, Amber. Du musst versprechen, dass du zu mir kommst, wenn Joanne das noch einmal macht, okay?«

Als ob ich das jemals tun würde! Ich rang mir ein schiefes Lächeln ab, was man streng genommen nicht als Einverständnis werten konnte, und schickte ein vages Nicken hinterher, ebenfalls weit entfernt von einer Zustimmung.

»Also gut, dann sehe ich dich also am Dienstag bei unserer *Weltreise ins Innere*, ja? Übrigens: Ich bin schon gespannt auf dein Bild.«

Schluck.

Miss Figgis stand auf und lächelte freundlich. »Sag Nein zu Raufbolden, Amber.«

Na super. Ich stellte mir vor, wie ich zu Joanne Pyke stapfte und mit energischer Leg-dich-bloß-nicht-mit-mir-an-Stimme »Nein!« sagte. Also echt, glaubte Miss Figgis ernsthaft, dass Joanne mit einem beschwichtigenden »Okay, okay« reagieren und sich dann verkrümeln würde? Wohl kaum.

»Alles in Ordnung mit dir?«, hakte Miss Figgis nach.

»Ja, ja, alles bestens. Danke, Miss Figgis. Sie haben mich gerettet.«

Sie grinste. »Bedank dich dafür mit einem extraschönen Bild, okay?«

Wieder verzog sich mein Mund zu einem Lächeln, einem noch schieferen diesmal, und ich sah ihr hinterher, bis sie den Raum verlassen hatte.

Fünfzehn - Quindici - Jū go

Zu Hause verschwand ich gleich in meinem Zimmer, warf mich aufs Bett und vergrub den Kopf im Kissen.

Mum war in der Küche und kochte, der Duft von gebratenen Zwiebeln stieg mir in die Nase. Doch es dauerte nicht lange, da klopfte sie an meine Tür.

Ich antwortete nicht. Ich konnte nicht. Ich war so geschockt und verzweifelt, dass mein Hals wie zugeschnürt war.

»Amber? Warum bist du so spät gekommen?«, rief sie durch die Tür.

Als ich immer noch keinen Mucks von mir gab, kam sie einfach rein, obwohl an der Tür ein fettes Zutritt-verboten-Schild klebte.

»Du hast ja noch deine Jacke und die Schuhe an«, sagte sie. »Deine erste Woche war nicht so toll, was?«

Sie kam herüber und setzte sich auf die Bettkante. Dann streichelte sie mir über den Rücken und ich war tatsächlich kurz davor, ihr alles zu erzählen. Wie gern hätte ich mein Herz ausgeschüttet, wie eine Fünfjährige geheult und über die Ungerechtigkeit dieser Welt geschimpft. Aber ich konnte einfach nicht.

»Du wirst sehen, Amber, es wird von Tag zu Tag besser. Am Anfang tut man sich immer ein bisschen schwer. Aber du wirst

Freunde finden – und deinen Platz an dieser Schule. Hab ein bisschen Geduld. Alles wird gut.«

Ich schluckte und kämpfte gegen die Tränen. Nichts würde gut werden, das war ja wohl klar.

»Kommst du gleich zum Essen? Ich koche … oh, Mist!«

Und sie rannte in die Küche, um die Zwiebeln vom Herd zu nehmen.

Mum wollte, dass ich meine Hausaufgaben in der Küche machte statt an meinem Schreibtisch. Wahrscheinlich machte sie sich Sorgen und wollte mich aufmuntern, aber ich war nicht in der Stimmung dafür. Ich hockte am Küchentisch und konnte mich absolut nicht konzentrieren. Ich war immer noch in der Mülleimer-Schockstarre. Außerdem unterhielten sich Mum und Bella nonstop über Bellas Geburtstagsfeier.

Es war nur noch eine Woche bis zu ihrem Geburtstag und Bella hatte *zwanzig* Sechsjährige eingeladen. Zu uns nach Hause! Wie bitte schön sollte man sich bei dieser Horrorvorstellung konzentrieren? Da musste man doch *molto* nervös werden.

Obendrein hatte ich für meine Zimmertür keinen Schlüssel. Ich konnte also nicht mal abschließen – weshalb ich plötzlich an nichts anderes mehr dachte als an zwanzig Wirbelstürme, die sich durch meine Sachen frästen und alles, aber auch alles mit ihren klebrigen, dreckigen, verrotzten, verkeimten Fingern betatschten. Der blanke Albtraum für jemanden wie mich, der unter einer akuten Dreckphobie leidet.

Wie um noch eins draufzusetzen, sagte Bella: »Mummy, ich

möchte unbe-unbedingt, dass Clopsie der Clown kommt. Kann nicht bitte, bitte, bitte Clopsie kommen? Bitte, Mummy.«

Ich stöhnte.

Clopsie der Clown war eine vollkommen bekloppte Entertainerin, die auf jedem Kindergeburtstag exakt dasselbe Programm abspulte. Wort für Wort. Alle, die es einmal miterlebt hatten – Kinder, Eltern und selbst Babys in ihren Buggys – kannten das Programm beim zweiten Mal in- und auswendig. Zum Beispiel ließ Clopsie gern die Namensschildchen der Geburtstagskinder verschwinden und auf dem Rücken eines flauschigen Häschens wieder auftauchen, das sie unter ihrem Zauberhut hervorzog. Schnarch. Aber Clopsies Zuschauer fanden das anscheinend total spannend, die konnten es gar nicht erwarten, dass sie fragte: »Naaaa? Wo ist denn wohl Katies Geburtstagsschildchen?« – »Unter dem Hut!«, brüllten dann alle, woraufhin Clopsie zurückschrie: »Doch wohl nicht unter diesem Hut hier? Nein, da ist nichts unter dem Hut!« Und wenn das Schildchen dann doch auf dem »Überraschungshäschen« auftauchte, kreischten alle wie die Bekloppten und sangen für Katie das Geburtstagshäschenlied.

Schwachsinniger ging's nicht.

»Bella, du hast die Nummer doch schon mindestens fünfzig Mal gesehen!«, sagte ich. »Überleg dir doch mal was Neues. Clopsie singt doch bei allen Kindergeburtstagen.«

»Aber ich will, dass sie auch bei *mir* singt.«

Mum stellte einen Topf mit Reis auf den Herd und ging in den Flur, um Clopsie anzurufen und zu fragen, ob sie Zeit hätte.

»Es ist allerdings eher unwahrscheinlich, Bella«, sagte sie, während sie Clopsies Nummer im Telefonbuch nachschlug. »Die wird ausgebucht sein, das ist bestimmt zu kurzfristig. Na, versuchen können wir's ja.«

Mum wählte die Nummer und eine Sekunde später plapperte, lachte und giggelte sie mit Clopsie, als würden sie sich seit Jahren kennen. Allerbeste Freundinnen, konnte man meinen. Na ja, sonderlich erstaunlich war das nicht, denn Mum kommt mit jedem sofort ins Gespräch. Mit Taxifahrern kann sie stundenlang quatschen und sie kennt sämtliche Nachbarn im Umkreis von fünf Kilometern. Sie plaudert mit alten Damen im Supermarkt oder erzählt wildfremden Kunden in Klamottenläden, ob ihnen das anprobierte Kleidungsstück steht. Und auf Elternabenden spricht sie mit sämtlichen Lehrern über Dinge, die mit mir oder meiner Erziehung nicht das Geringste zu tun haben, und schickt ihnen im Anschluss Links zu irgendwelchen Websites, die sie vielleicht interessieren könnten. So was von peinlich.

Während Mum also mit ihrer neuen Freundin Clopsie quasselte, hockte Bella neben ihr und fragte mindestens hundertmal: »Kommt sie, Mum, kommt sie? Hat sie Zeit?«

Ich ließ meine Hausaufgaben Hausaufgaben sein, holte ein Blatt Papier hervor und fing an Bellas Geburtstagsfeier zu malen, so wie *ich* sie mir vorstellte.

Ich weiß nicht, wie viel Zeit ich damit verbrachte, aber auf einmal roch es verbrannt. Mein Kopf fuhr hoch: Aus dem Reistopf qualmte es.

»MUM!«, schrie ich.

»Momentchen, Ambra, ich telefoniere noch«, sagte Mum und quatschte seelenruhig weiter. Und gerade als ich brüllte: »Mum! Der Reis brennt an!«, ging der Feuermelder los. Ein ohrenbetäubendes Heulen.

Ich hörte, wie Mum »Ich muss Schluss machen« schrie und das Telefon auf die Kommode warf. Dann rannte sie wie von der Tarantel gestochen zum Herd. Sie drehte das Gas aus, hielt ein Geschirrtuch unter den Kaltwasserhahn und brüllte: »Mädels! Alles in Ordnung?« Wahrscheinlich wollte sie sich davon überzeugen, dass wir nicht tot waren oder so. Was wir offensichtlich nicht waren. Mum warf das nasse Geschirrtuch auf den glühend heißen Topf und riss das Fenster auf, damit der Rauch abziehen konnte. Die ganze Küche stank und der Alarm schrillte immer noch. Was für ein LÄRM! Bella und ich hatten keine Ahnung, was zu tun war, also standen wir einfach nur stocksteif da und starrten auf das Chaos.

Mum kletterte auf einen Stuhl und riss den Feuermelder von der Zimmerdecke, aber es gelang ihr trotzdem nicht, den Alarm abzuschalten. Also nahm sie kurzerhand die Batterien raus. Als endlich wieder Ruhe eingekehrt war, hörte ich es an der Tür klopfen und ging nach draußen, um zu öffnen. Es war Pete von oben.

»Soll ich die Feuerwehr rufen?«, fragte er. Seine Augen waren schreckgeweitet und sein Atem ging keuchend, so schnell war er die Treppe heruntergerannt.

Als Mum das letzte Mal etwas angebrannt war – vor gar nicht allzu langer Zeit –, hatte Mrs Venables tatsächlich die Feuerwehr gerufen. Die war mit Blaulicht und Sirene angerückt und hatte im gesamten Treppenhaus Schläuche ausgerollt.

»Nein, danke, Pete. Alles im Griff. Diesmal ist es nur ein bisschen Rauch.«

»Na, wenn du meinst. Mir ist heute Abend jedenfalls nicht danach, bei lebendigem Leib gegrillt zu werden.«

Ich rang mir ein Lächeln ab, obwohl ich vor lauter Scham am liebsten im Boden versunken wäre. Ich weiß nicht, wie oft Mum das Essen schon auf dem Herd oder im Ofen vergessen hatte. So oft jedenfalls, dass sie mit den Feuerwehrleuten bereits per Du ist. Einen von ihnen, Mick, treffen wir gelegentlich im Supermarkt. Und jedes Mal ruft er: »Hi, Bob! Ich hoffe, du kaufst nichts, was man warm machen muss? Bleib hübsch weg vom Gas, hörst du?« Und dann lacht er sich halb tot.

Mum wird dann immer puterrot und murmelt: »Tss, also so schlimm bin ich doch nun auch nicht.«

Aber doch, das ist sie. Pete und Mrs Venables sammeln regelmäßig sämtliche Fastfood- und Lieferservice-Flyer aus unserem Hausflur und geben sie uns: ein dezenter Hinweis darauf, dass Mum das Kochen lieber Leuten überlassen sollte, die nicht mit jeder Lasagne die gesamte Nachbarschaft gefährden.

Seit neuestem lassen Bella und ich unsere Turnschuhe an, wenn Mum kocht. Könnte ja sein, dass wir überstürzt die Wohnung verlassen müssen. Da kann man eigentlich nur hoffen, dass Mum uns nicht ihr sagenhaftes Kochtalent vererbt hat. Oder ihren Kleidungsstil. Oder ihr schallendes Lachen. Oder ihre Art, wildfremde Leute anzuquatschen. Oh Gott, ich mag mir gar nicht ausmalen, welche verrückten Gene von ihr vielleicht noch unentdeckt in uns schlummern.

Tja, und wie sieht's mit den Genen unseres Vaters aus?

Vielleicht habe ich ja meine Schmutzphobie von ihm? Oder meinen Selleriehass? Oder das Muttermal an der Unterseite des Armes, da wo die Haut ganz weich ist? Vielleicht würde ihm auch mulmig werden beim Gedanken an eine Heerschar von Sechsjährigen, die bei ihm zu Hause einfällt? Tja, aber so eine Erfahrung macht jemand, der von zu Hause abgehauen ist, wohl einfach nicht.

Nachdem Pete sich verabschiedet hatte, schloss ich seufzend die Tür und kehrte zurück in die Küche. Bella grinste und kicherte. Wenn es nach ihr ginge, konnte es gar nicht genug Drama und Chaos geben. Und wäre Mum nicht inzwischen in Tränen ausgebrochen, hätte Bella wahrscheinlich sogar gebettelt: »Bitte, Mum, noch mal! Brenn noch was an, ja? Was anderes. Bitte!«

»Mum?«, setzte ich an. »Warum weinst du?«

Aber noch in derselben Sekunde bereute ich die Frage, denn sie fing sofort an laut zu schluchzen und stammelte, dass sie ihr Bestes gebe, rund um die Uhr, und nicht wisse, was sie sonst noch tun sollte, aber dass es manchmal einfach alles zu viel würde und dass sie es nicht alleine schaffe. Mir war nicht ganz klar, was genau sie damit meinte, denn eigentlich ging es doch nur um ein bisschen verbrannten Reis. Und überhaupt mochten wir ihren Reis gar nicht so besonders, denn der war immer ein bisschen klebrig und schmeckte nach Lagerfeuer.

»Mummy?«, fragte Bella. »Weinst du, weil Clopsie nicht zu meiner Geburtstagsfeier kommen kann?«

»Oh nein, Bella, nein«, beruhigte Mum sie und wischte sich über die Augen. »Ich hab dir noch nicht mal erzählt, dass Clopsie zugesagt hat! Jemand anders ist abgesprungen, deshalb hat sie so kurzfristig Zeit.«

Bella sprang auf und hüpfte kreischend durch die Küche, während Mum versuchte mit ihren Händen den Rauch wegzuwedeln. Dann schenkte sie sich ein großes Glas Wein ein und verzog sich damit auf den Balkon, um eine Zigarette zu rauchen. Als sie zurückkam, bestellte sie bei Slice Pizza für uns, wogegen ich nicht das Geringste einzuwenden hatte. Allerdings kamen ihr nach dem Pizzaessen gleich wieder die Tränen, weshalb ich glaubte, dass hinter ihrer Traurigkeit doch mehr steckte als der verbrannte Reis.

Bella setzte sich neben sie und sagte, sie solle sich keine Sorgen machen, wir würden uns schon um sie kümmern. Aber da weinte Mum nur noch mehr und sagte, dass es doch eigentlich umgekehrt sein müsste.

Manchmal sind Eltern echt schwer zu begreifen. Und vielleicht sind zwei Elternteile sogar noch schlimmer als einer. Kann sein, dass Väter genauso kompliziert sind wie Mütter und dass wir ohne Dad womöglich besser dran sind, ich weiß es nicht. In diesem Moment, mit Mum in unserer Mitte, wurde mir allerdings klar, dass ich ihr unmöglich noch meine eigenen Probleme aufdrücken konnte. Das hätte alles nur noch schlimmer gemacht.

Als ich an dem Abend ins Bett ging, lag ich noch lange wach und grübelte. Bella rechnete offenbar immer noch damit, dass Dad zu ihrem Geburtstag kam. Nur: Wie stellte sie sich das vor? Was wollte sie machen, wenn er wirklich aufkreuzte?

Mum jedenfalls würde vor Schreck in Ohnmacht fallen. Und Nonna würde ihm wohl eins mit der Bratpfanne überziehen. Und ich würde extrem schlechte Laune bekommen. Oder einen Wutanfall.

Was für ein Glück, dass mit ihm nicht zu rechnen war – er würde die ganze Feier verderben.

Puh, ich musste unbedingt mit jemandem über mein ganzes Alltagschaos reden. Aber wahrscheinlich würde niemand die Tragweite der Probleme begreifen, die ich herumwälzte. Niemand würde verstehen, wie sehr es mir zu schaffen machte, beim Kunstwettbewerb mein Bild in aller Öffentlichkeit zu präsentieren. Nonna zum Beispiel wäre die absolut falsche Ansprechpartnerin für alles, was mit Schule zu tun hatte. Die würde das nicht kapieren. Und meine Schulfreundinnen, von denen ich nicht mal genau wusste, ob es richtige Freundinnen waren, würden die Geschichte mit Dad nicht nachvollziehen können. Und meine alten Klassenkameraden hatten mir nie so nahe gestanden, dass ich sie jetzt einfach anrufen und ihnen meine Albträume schildern könnte. Die würden sagen: »Äh … ooookaay. Und warum erzählst du das ausgerechnet uns?«

Na, und mit Mum konnte ich erst recht nicht reden. Weder über Joanne Pyke noch über die Briefe, die ich Bella geschrieben hatte. Mum würde total ausflippen. Aber so was von.

Nein, auf der ganzen weiten Welt gab es wirklich keine Menschenseele, die sich die komplette Ladung Katastrophengeschichten anhören und danach immer noch auf meiner Seite stehen würde.

Doch Moment mal. Klar gab es jemanden.

Einen Einzigen.

Sechzehn – Sedici – Jū roku

»Bist du da?«, flüsterte ich und lauschte in die Stille hinein. Diesmal holte ich meine Stifte nicht hervor, um meinen Traumvater zu zeichnen. Ich wollte testen, ob er vielleicht auch ohne Hilfsmittel erschien. War ja durchaus möglich, dass ich ihn mal bräuchte, wenn ich unterwegs war und keine Malsachen dabeihatte …

»Natürlich, ich bin hier«, ertönte die Antwort. Mein Traumvater saß am Fußende des Bettes und wackelte mit den Zehen. Er war ganz in Schwarz gekleidet, wie ein Ninja. Einzige Ausnahme: die Socken. Die hatten orangefarbene und weiße Streifen und sahen eher nach Verkehrshütchen aus.

Ich seufzte. Es muss ein sehr tiefer Seufzer gewesen sein, denn er sagte: »Puh, am besten setzt du dich mal neben mich und erzählst mir, was du auf dem Herzen hast.«

Und so packte ich aus. Alles.

Ich erzählte ihm, dass Bella immer noch davon ausging, Dad würde zu ihrem Geburtstag kommen.

Er hatte sofort einen Rat: »Dann schreib ihr noch mal. Schreib ihr so lange, bis sie es begreift.«

Ich nickte. Aber natürlich waren Bella und ihre Briefe nicht mein einziges Problem.

Also berichtete ich von meinem Zusammenstoß mit Joanne, von Miss Figgis und dem Kunstwettbewerb.

»Ich würde am liebsten die Schule wechseln«, seufzte ich. »Und das nach nur einer Woche. Ich will zurück auf die Grundschule. Da war alles so schön einfach.«

»Echt? Du willst zurück zu all den Sechsjährigen?«

Ich zog eine Grimasse. Nee, das wollte ich natürlich auch nicht. Nicht wirklich. Trotzdem: Es war allemal besser, als am Montagmorgen zur Spit Hill zurückzukehren.

»Ich hab noch keine neuen Freunde«, sagte ich.

»Aber du bist doch erst seit einer Woche dort! Gedulde dich ein wenig, dir läuft schon nichts davon. Sei einfach du selbst und entspann dich. Deine Mitschüler werden dich lieben, wenn sie dich erst richtig kennenlernen.«

Das war leicht gesagt, aber wie konnte ich ganz entspannt ich selbst sein, wenn ich nicht mal wusste, wer ich eigentlich war?

»Hast du überhaupt eine Vorstellung davon, wie nervig es ist, halb Japanerin und halb Italienerin zu sein? Das ist totaler Mist.«

»Na ja, du bist eben eine kunterbunte Mischung, wie ein Tuttifrutti-Eis. Du bist ein richtiges Tuttifrutti-Mädchen. Hey, vielleicht solltest du dich Tuttifrutti nennen, wo du deine übrigen Namen doch so hasst.«

»Es geht hier nicht um meine Namen. Schau her, ich zeig dir, was das Problem ist.«

Ich ging zu meinem Schreibtisch und kam mit einem kleinen Taschenspiegel zurück, den Nonna mir mal bei Claire's gekauft hatte. Ich hielt ihn hoch.

»Guck.«

Er blickte hinein und grinste. »Ich weiß, ich bin ziemlich gut aussehend.«

»Nein, guck mich an.«

»Was genau soll ich angucken?«

»Mein Gesicht. Wenn ich in den Spiegel schaue, starrt mich ein japanisches Mädchen an. Mit Augen, die an den Seiten nach oben gehen, federweichen Augenbrauen und pechschwarzen, aalglatten Haaren. Aber niemand sonst in meiner Familie, meiner Straße, meiner Schule sieht auch nur annähernd japanisch aus. Meine Familie ist durch und durch italienisch, was toll ist und überhaupt … Nur hat man nicht gerade den Eindruck, als wären wir auch nur im Entferntesten miteinander verwandt. Und niemand in meinem ganzen Umfeld weiß auch nur das Geringste über Japan.«

»Ach ja?«

»Deshalb hab ich auch keine Freunde. Ich weiß ja, dass es massenhaft Leute gibt, die halb dieses und halb jenes sind, dass ich nicht die Einzige bin. Aber trotzdem. Ich spreche ja noch nicht mal Japanisch. Ich weiß gar nichts über das Land und muss alles googeln. Ich kann gerade mal bis zehn zählen, genau wie jeder andere, der Karate macht. Ich sehe einfach nur aus wie eine Japanerin. Und jetzt, wo Dad uns verlassen hat, kenne ich keinen einzigen Japaner mehr. Außer Bella, aber die zählt nicht. Ich komme mir vor wie ein Alien. So als würde ich bloß so tun, als sei ich Japanerin, aber in Wirklichkeit ist alles bloß eine dicke, fette Lüge.«

Mein Traumvater lächelte mich an. »Mach doch *mich* zum Japaner!«

Und schwups hockte er als Sumo-Ringer neben mir auf der Bettkante. Zum Glück hatte ich ihn noch nicht gezeichnet: Solche krassen Fettwülste hätte ich nicht hingekriegt. Er war wirklich megadick, mit langem, hochgestecktem Haar und einem komischen kleinen Lendenschurz, der für meinen Geschmack etwas zu viel von seinem wabbeligen Hintern zeigte.

»Nee, also das ist mir zu viel Fleisch. Und es hilft mir auch nicht weiter.«

»Oh, entschuldige.« Er warf sich eine Art Umhang über, behielt seine Gestalt aber bei. Wahrscheinlich gefiel er sich so.

Plötzlich klopfte es an meine Zimmertür. Ich sprang vor Schreck auf.

»Amber?«

Das war Mum.

»Du solltest besser verschwinden«, flüsterte ich meinem Sumo-Ringer zu und das tat er. Obwohl er so viel wog wie ein schwangerer Elefant, machte es einfach nur *paff* und weg war er.

Mum öffnete die Tür einen Spaltbreit und schaute herein.

»Amber, mit wem sprichst du da?«

»Ähm … mit niemandem. Nur … äh … mit mir selbst.«

»Schatz, bitte sag mir doch, was los ist«, bat Mum und kam in mein Zimmer. »Ich mache mir wirklich Sorgen um dich.«

Oh Gott, dabei war das Allerletzte, was ich wollte, dass Mum noch mehr Sorgen am Hals hatte. Aber sie sah so traurig aus, dass ich kurzerhand beschloss, ihr alles zu erzählen.

Siebzehn – Diciassette – Jū shichi

Na ja, *alles* erzählte ich ihr am Ende dann doch nicht. Im Grunde machte ich da weiter, wo ich im Gespräch mit meinem Überraschungsgast unterbrochen worden war.

»Ich bin weder dies noch das«, klagte ich. »Ich gehöre nirgendwo richtig dazu. Das nervt.«

»Aber Amber, du kannst dich doch glücklich schätzen«, sagte Mum und setzte sich zu mir auf die Bettkante.

»Ach ja? Wow.«

»Und weißt du auch, warum?«

»Nee.«

»Weil sich in dir der Osten und der Westen vereinen. Du bist dies *und* das. Du bist *alles*.«

Ich fand das nicht ganz so prickelnd wie meine Mutter und schmollte weiter.

»Du bist etwas ganz Besonderes. Du vereinst die Vielfalt der Welt in dir.«

»Na großartig.«

»Das ist wirklich großartig. Wenn du älter bist, wirst du das merken.«

Aber so lange wollte ich nicht warten. Ich wollte *jetzt* etwas davon haben. Seit Dad weg war, fehlte meine japanische Hälfte, aber ich brauchte beide Hälften, um mich vollständig zu fühlen. Ich wollte eine Mutter *und* einen Vater. Ich wollte mich irgendwo zugehörig fühlen.

»Wenn du dich mal umschaust, was fällt dir da auf, Amber? Nein, nicht in deinem Zimmer, ich meine draußen.«

»Häuser? Graffiti?«

»Nein, denk mal ein bisschen größer.«

»Keine Ahnung. Busse? Geschäfte? Bäume?«

»Lass es mich so sagen: Du hast etwas ganz Großes geerbt, Amber. Weißt du das?«

Oh. Geerbt. Plötzlich war ich ganz Ohr. Was hatte ich geerbt? Wartete da irgendwo eine Kammer voll Gold auf mich, wie auf Harry Potter in Gringotts? Oder eine schicke Villa an der Küste? Eine Million in bar? War ich Besitzerin einer riesigen Telefongesellschaft geworden, bei der ich mir jeden Tag ein neues Handy aussuchen konnte? Oder hatte mein japanischer Urgroßvater mir ein Samurai-Schwert vermacht?

»Was denn?«, fragte ich. »Was habe ich geerbt? Hat es mit irgendeinem Familienvermögen zu tun?«

Mum schaute mich an und zog ihre rechte Augenbraue hoch. »Nein, es ist nichts Materielles. Aber das heißt nicht, dass es nicht wertvoll ist. Es ist sogar so wertvoll, dass man es von keinem Geld der Welt kaufen kann.«

Jetzt war ich total verwirrt. »Was meinst du damit?«

»Wir sind vielleicht nicht reich, Amber, aber das heißt nicht, dass wir dir nichts mit auf den Weg gegeben hätten.«

»Oookay. Und was ist es?«

Mum lächelte. »Wir haben dir die ganze Welt geschenkt. Diesen wunderschönen, faszinierenden Planeten, der so viel größer ist, als ihr es in eurem Alter erfassen könnt. Er ist einfach überwältigend, und das größte Geschenk, das man bekommen kann, besser als jedes Vermögen. Das ist dein Erbe. Gehört alles dir.«

Ich wollte nicht allzu enttäuscht aussehen, aber nach der Kammer voll Gold und der Villa am Meer schien mir das jetzt nicht ganz so verlockend.

Mum musste bemerkt haben, wie sich meine Lippen kräuselten, denn sie sagte: »Das kommt dir jetzt vielleicht nicht so bemerkenswert vor, weil du denkst, jeder andere hätte dasselbe geerbt. Aber glaub mir, Amber, es bedeutet sehr viel.«

Ich schaute sie an. Ich hatte keine Ahnung, was es bedeutete. Mum schien meine Ratlosigkeit zu spüren, denn sie schickte sofort eine Erklärung hinterher:

»Es bedeutet, dass du im Gegensatz zu vielen anderen Menschen nicht nur von einem einzigen Ort auf dieser Welt stammst, wo man nur eine einzige Sprache spricht. Das ist ein unschätzbarer Vorteil. Die Welt ist atemberaubend und riesengroß und sie rückt Tag für Tag näher zusammen und vernetzt sich. Wenn du also das Gefühl hast, nirgendwohin zu gehören, dann stimmt das nicht. Das Gegenteil ist der Fall: Du gehörst überallhin. Die ganze Welt liegt dir zu Füßen.«

Ich lächelte. Tatsächlich fühlte ich mich schon ein winzig kleines bisschen besser.

»Außerdem«, fuhr Mum ruhig fort, »hat dein Vater dir etwas hiergelassen, als er ging. Das weißt du, oder?«

Nein, ich hatte keine Ahnung und ich war mir nicht einmal sicher, ob ich es überhaupt wissen wollte – was auch immer es war. Aber, na ja, ein bisschen neugierig war ich doch.

»Er hat mir etwas hiergelassen? Was?«

»Rate.«

»Keine Ahnung. Einen Diamantring?«

»Nö.«

»Die Schlüssel für einen Porsche, den ich an meinem achtzehnten Geburtstag bekomme?«

»Nöhö.«

»Ein Zeichenbedarfsgeschäft und ein neues Handy?«

»Viel besser.«

»Besser als ein neues Handy? Was?«

Mum lächelte. »Er hat dir seine Liebe dagelassen, Amber. Einen ganzen Ozean voller Liebe. Und das meine ich völlig ernst.«

Ich brachte kein Wort heraus. Das schwarze Loch in mir fühlte sich größer und dunkler an denn je, wie ein Staubsauger saugte es mir die Luft aus der Lunge.

»Davon spüre ich aber nichts«, flüsterte ich. »Es fühlt sich eher so an, als hätte er mir einen Ozean voller Nichts zurückgelassen.«

»Ich weiß. Aber das stimmt nicht. Er hat dich furchtbar lieb gehabt.«

Sie versuchte mich zu umarmen, aber ich wollte jetzt nicht umarmt werden. Ich wollte einfach eine Weile allein sein, also vergrub ich den Kopf in meinem Kissen.

Mum sagt immer, dass man manche Dinge erst nach einiger Zeit versteht. Das, was ich gerade gehört hatte, musste ich mir wohl noch ziemlich lange durch den Kopf gehen lassen. Wenn ich es überhaupt jemals verstehen würde.

Achtzehn – Diciotto – Jū hachi

Am Samstagmorgen überreichte Bella mir einen weiteren Brief.

Liber Dad,

komst du in einer Limosiene oder mit einem Hupschrauba zu meina Gebustaksfeia? Ich bin schon ganz aufgeregt weil Colpsi der Klaun auch komt. Und Nonna sagt sie will mir neue Partischuhe kaufen. Gelpe.

Küschen von Bella

PS: Past eine rote Bluhse zu einer grünen Hohse? Amber sagt das sieht beschäuert aus. Aber Amber kent sich mit Mode auch nich aus. Sie tregt nich mal harspangen.

Es war zum Durchdrehen! Sie kapierte es einfach nicht! Und was sollte das mit der roten Bluse und der grünen Hose? Das sah doch tatsächlich bescheuert aus!

Aber ich konnte daran gerade keinen Gedanken verschwenden. Ich *wollte* nicht drüber nachdenken! Weder über Bella noch über Dad. Ich musste mich endlich auf mich selbst konzentrieren, auf das, was *ich* brauchte. Und das war zunächst mal Geld für ein Smartphone. Eigentlich bekamen wir Taschengeld, aber Mum vergaß es andauernd. Also musste ich mir etwas anderes einfallen lassen.

Wir frühstückten im Schlafanzug. Das ist samstags eine Art Tradition bei uns. Wir ziehen uns erst an, wenn wir wirklich müssen, und manchmal bleiben wir eben auch den ganzen Tag so. Oder zumindest bis Nonna kommt und entrüstet ruft: *»Andatevi a vestire!«* Dann springen wir immer blitzschnell in unsere Klamotten.

Mum saß im Schneidersitz auf dem Stuhl. Sie hatte ihre blau karierte Pyjamahose an und eine große orangefarbene Strickjacke. Ihr Haar sah aus wie das Gekritzel, das Bella früher mit rotem Stift auf den Wänden hinterlassen hat. Sie aß ein Stück Toast und las in der Biografie eines berühmten Musikers. Bella kleckste mit dem Löffel ein Gesicht aus Joghurt auf ihren Teller, was ziemlich gelungen und gleichzeitig total eklig aussah.

Ich spielte mit dem Deckel des Marmite-Glases herum und fragte mich, wann ein guter Zeitpunkt wäre, um anzusprechen, was mir durch den Kopf ging. Ich hatte einen Plan. Ich brauchte ein Smartphone. Da führte kein Weg mehr dran vorbei.

Nach einer Weile fasste ich mir ein Herz.

»Mum«, sagte ich. »Was kann ich tun, um Geld zu verdienen?«

»Hm?«, machte sie und blickte von ihrem Buch auf.

Ich wiederholte meine Frage.

»Und wofür brauchst du das Geld?«

»Für alles Mögliche.«

»Du könntest neue Zeichenstifte gebrauchen. Und du möchtest sicher wieder dieses Spezialpapier haben, das mir auf Dauer einfach zu teuer ist. Oder willst du etwa …? Moment mal – es geht hier doch wohl nicht um ein neues Handy, oder? Denn damit das ganz klar ist: Zeichenmaterial brauchst du eindeutig dringender.«

»Also wirklich, Mum, wofür hältst du mich?«

Misstrauisch blickte sie mich an. Sie ahnte, dass sie mit ihrem Verdacht richtig lag, das spürte ich.

»Na schön«, sagte sie schließlich und klappte das Buch zu. »Du kannst mir ein bisschen im Haushalt helfen. Obwohl … Nein, eigentlich sollte ich dich dafür nicht bezahlen, das ist eine Selbstverständlichkeit. Schließlich lebst du genauso hier wie Bella und ich, und wir alle wollen eine saubere, aufgeräumte Wohnung. Du brauchst jetzt gar nicht mit den Augen zu rollen, Ambra Miyamoto.«

»Mum?«

»Hm?«

»Was kann ich tun, um bei jemand anderem Geld zu verdienen? Bei jemandem, der mich regelmäßig bezahlt? In bar.«

Mum lachte. »Ja, das ist wahrscheinlich der bessere Weg. Hm, du könntest zum Beispiel … Autos waschen.«

»Außer Autos waschen.«

»Wie wäre es mit … Hunde Gassi führen?«

»Dann müsste ich auch die Hundekacke einsammeln. Und den stinkigen Atem aus den Schnauzen riechen.«

»Ja, das müsstest du wohl. Und wenn du Mandy von nebenan hilfst? Die hat mit den Zwillingen doch alle Hände voll zu tun, die sind ja noch nicht mal zwei. Und jetzt hat sie auch noch das Baby. Du könntest ihr nachmittags ein bisschen zur Hand gehen.«

»Nein, danke. Die Zwillinge sind total klebrig und schmuddelig und am Ende müsste ich dem Baby noch die Windeln wechseln.«

»Amber, wenn du so wählerisch bist …«

»Kannst du nicht rumfragen, ob irgendjemand … na ja … einen kleinen Job zu vergeben hat?«

Mum sah aus dem Fenster, was sie immer tut, wenn sie nachdenkt. Vielleicht stand die Antwort ja in den Wolken. Sollte ich vielleicht auch mal probieren.

»Okay, warum eigentlich nicht?«, sagte sie schließlich. »Ich werde mich mal umhören.«

Mir schwebte so etwas vor, wie sonntagmorgens Petes Fahrrad aufzupumpen oder die Bücherregale von Mrs Beadles zwei Stockwerke unter uns abzustauben. Ich könnte auch den Venables-Kindern vorlesen und ihre Hausaufgaben auf Rechtschreibfehler überprüfen. Das musste ich bei Bella auch machen, allerdings umsonst. Und bei Bella war das ein Knochenjob, denn ihre Rechtschreibung war gruselig.

Ich beendete mein Frühstück und zog mich in mein Zimmer zurück. Die nächsten Stunden verbrachte ich mit Zeichnen. Allerdings setzte ich mich nicht an das Bild für den Kunstwettbewerb, sondern entwarf mein Traumzimmer. Die Decke würde ich aus Spezialglas anfertigen lassen, das im Sommer die Hitze abhielt, aber trotzdem genug Licht durchließ und vor allem einen Panoramablick auf den Sternenhimmel bot. Darüber hinaus bräuchte ich natürlich ein Teleskop, einen Kühl- und einen Vorratsschrank für Snacks, ein Riesenbett und einen federnden, flauschig weichen Teppich.

Ich weiß nicht, wie viel Zeit verstrichen war, als plötzlich Mum an die Tür klopfte.

»Komm rein.«

Sie hatte sich inzwischen angezogen und ihre Haare mit einer Spange hochgesteckt. Also war Nonna wohl schon da.

»Stell dir vor, ich hab einen Job für dich aufgetan«, sagte Mum.

»Wahnsinn, so schnell! Was ist es denn?«

»Willst du zuerst die gute oder die schlechte Nachricht hören?«

Ich zögerte. Wie konnte ein Job mit guten und mit schlechten Nachrichten verbunden sein?

»Äh …«

»Die gute Nachricht ist, dass du spitzenmäßig bezahlt wirst. Fünf Pfund pro Stunde. Das ist viel Geld, Amber.«

Ich beäugte sie misstrauisch. »Und weiter?«

»Die schlechte Nachricht: Du würdest für Nonna arbeiten.«

»Warum ist das schlecht?«

Mum wand sich ein bisschen.

»Mum, was ist der Haken an dem Job?«

»Er wird dir nicht gefallen.«

»Nun sag schon.«

»Du müsstest die Katzenklos ausleeren und sauber machen. Damit würdest du uns allen einen Riesengefallen tun – die Dinger stinken nämlich bestialisch.«

WÜRG. Nee, sorry, nie im Leben! Ich meine, es ging hier schließlich um *mich*. *Ich* sollte die Dinger ausleeren. Brauchte ich wirklich so dringend ein Smartphone?

»Hat sich denn kein anderer Job ergeben? Blumengießen zum Beispiel, während die Leute im Urlaub sind?«

»Nein, bisher nicht. Das war die einzige Ausbeute. Mach es oder lass es bleiben.«

Katzenklos. Schauder. Schon beim Gedanken daran wurde mir speiübel. Nein, ich würde sterben, das war nichts für mich! Autowaschen, Windelwechseln und Hundekackebeseitigen zusammen waren nichts dagegen. Ich seufzte und schüttelte den Kopf.

»Kann ich dir in fünf Minuten Bescheid geben?«

»Lass dir Zeit.«

Und damit verließ Mum mein Zimmer und schloss die Tür hinter sich.

Diesmal hatte er es sich mit einer schmauchenden Pfeife in einem Schaukelstuhl gemütlich gemacht. Ein bisschen wie ein alter, weiser Großvater, der in jeder Lebenslage einen klugen Ratschlag auf Lager hat. Praktisch eigentlich, denn genau so was brauchte ich jetzt.

»Hallöchen. Alles in schönster Ordnung bei dir?«, fragte mein Traumvater.

»Nicht wirklich. Schlechte Nachrichten.«

»Ist ein Krieg ausgebrochen?«

»Nein.«

»Ist Manchester United raus aus dem Rennen um die Meisterschaft?«

»Woher soll ich das wissen?«

»Was sind es dann für schlechte Nachrichten?«

»Ich hab einen Job.«

»Oh Gott, das ist ja furchtbar! Was für eine Tragödie! Das tut mir leid, du hast mein vollstes Mitgefühl!«

»Du weißt ja noch gar nicht, worum es dabei geht.«

»Na dann schieß mal los.«

»Die Katzenklos bei Nonna sauber machen.«

»Igittigitt!«

»Sag ich doch.«

Ich saß auf dem Fußboden, während er vor sich hin schaukelte und paffte. Wir schwiegen einen Moment und dachten darüber nach, wie unfassbar eklig der Job war und wie verzweifelt man sein musste, um so ein Angebot anzunehmen.

»Brauchst du das Geld so dringend?«, fragte er.

»Sieht so aus, sonst würden wir dieses Gespräch ja nicht führen.«

Er sah mich prüfend an. »Und?«

»Nee, das ist einfach zu widerlich. Ich hab echt ein Problem mit Schmutz und Dreck und Fäkalien.«

»Nun ja, entweder brauchst du das Geld oder du brauchst es nicht. Was willst du dir denn davon kaufen?«

»Ich brauche ein Smartphone.«

»Das ist in der Tat dringend notwendig«, pflichtete er mir bei. »Du kannst unmöglich noch länger mit deinem peinlichen Plastikklumpen durch die Gegend laufen. Du brauchst anständige Technik in deinem Leben. Aber gibt es nicht andere Jobs? Warum ausgerechnet Katzenklos?«

»Nein, das ist der einzige. Ich bin schließlich noch nicht mal zwölf. Da kann man sich die Jobs nicht wirklich aussuchen.«

»Du willst mir also sagen: Du hast keine Wahl?«

»Mehr oder weniger, ja.«

Er schaute mich an, als läge die Entscheidung auf der Hand. Als wäre es sonnenklar, was ich zu tun hatte.

Ich seufzte. »Okay, du hast ja Recht.«

Dann stand ich auf und ging zu Mum. Nonna war beim Zeitunglesen auf dem Sofa eingeschlafen und Mum schrieb die Einkaufsliste für Bellas Geburtstagsparty.

»Ich mach's«, sagte ich.

»Du machst was?«, fragte Mum, ohne aufzublicken.

»Den Job. Bei Nonna.«

Mum fielen fast die Augen aus dem Kopf und ihr Mund klappte auf, wie bei einem Goldfisch, der versucht einen Blauwal zu verschlingen. »Toll! Du brauchst das Geld wohl wirklich dringend, was?«

»Allerdings«, sagte ich. »Wann kann ich anfangen?«

Neunzehn – Diciannove – Jū Ku

Noch am selben Nachmittag nahm ich meine Arbeit auf – ein bisschen *rapido* für meinen Geschmack, aber andererseits wollte ich keine Zeit mehr verlieren. Ich konnte unmöglich noch länger ohne ein vernünftiges Smartphone mit Chloe und den anderen zur Schule fahren. Ich wollte mich nicht ewig wie eine totale Loserin fühlen.

Ich packte ein paar lebensnotwendige Utensilien zusammen und dann nahm Nonna mich mit zu sich nach Hause. Sie wohnte nur etwa zwanzig Minuten entfernt.

Bei ihr angekommen blieb ich eine Ewigkeit in der Küche sitzen und versuchte Mut zu fassen, während Nonna mich mit Pasta und Zitronenkuchen vollstopfte. Klar, dass mein Mut es da nicht so eilig hatte, zum Vorschein zu kommen. Aber nach einer halben Stunde etwa klatschte Nonna plötzlich in die Hände: *»Andiamo.«* Was so viel heißt wie: »Auf geht's.«

Mir war speiübel. Aber ich biss die Zähne zusammen und trottete hinter ihr her.

Ihr müsst wissen: Nonnas Haus ist wirklich schön. Alles ist bunt und überall liegen dicke Kissen herum und es gibt haufenweise leckere Sachen zu essen – ganz anders als bei uns zu Hause. Wäre da nur nicht der Wintergarten, in dem ihre widerlichen Katzen leben! Normalerweise mache ich immer einen Riesenbogen darum, wenn ich bei ihr zu Besuch bin. Wenn man nur in die Nähe kommt, riecht es schon nach Katzenpisse. Als wäre irgendeine ätzende Säure ausgelaufen.

Als Nonna jetzt die Tür zum Wintergarten öffnete, haute mich der Gestank fast um. Ich hatte das Gefühl, als würden sich meine Nasenschleimhäute auflösen. Mein Magen spielte komplett verrückt.

Ich war kurz davor, einen Rückzieher zu machen, als mir das Geld wieder einfiel. *Reiß dich zusammen, Amber, du schaffst das!*, redete ich mir Mut zu. *Du wirst nicht sterben. Katzenpipi ist nicht tödlich. Alles kein Problem!*

Aber dann fragte ich mich plötzlich, ob nicht vielleicht doch schon mal ein Mensch an Katzenpipi gestorben war. Ich nahm mir vor, das zu googeln, sobald ich zu Hause war … nur um sicherzugehen.

Tja, mit einem internetfähigen Handy hätte ich es direkt vor Ort überprüfen können. Was mal wieder ein schöner Beweis dafür war, wie dringend ich ein Smartphone benötigte. Streng genommen war es gesundheitsgefährdend, noch länger mit diesem Steinzeitmodell durch die Welt zu laufen. Eigentlich sogar lebensgefährlich.

Nonnas widerliche Katzen folgten mir miauend. Die ganze Zeit konnte ich an nichts anderes denken als an die Flöhe und Krankheitserreger, die sich in ihrem Fell tummelten. Und ständig leckten sie sich mit ihren nach Katzenfutter stinkenden Zungen ab, auf denen sich schleimige Haarbällchen bildeten.

»Ti faccio verdere io«, sagte Nonna, aber ich blickte sie an, als würde ich kein Wort verstehen. Seufzend wechselte sie ins Englische: »Ich dir erkläre, wo alles ist, und du dann beginnst mit Arbeit, ja?«

Sie zeigte mir den Sack Katzenstreu, den sie hinter der Tür aufbewahrte, und schließlich die Katzenklos selbst.

Es waren zwei. Sie standen in der Nähe des Fensters auf dem Boden, grau und stinkig und zugekleistert mit braunen Klumpen. Unschwer zu erraten, was das war. An vielen Stellen war die Streu außerdem matschig verklebt: Katzenpipi. Entsetzt beäugte ich das Grauen. Ich hatte das Gefühl, jeden Moment tot umzufallen. Direkt hier auf dem Teppich. Vielleicht als erstes menschliches Opfer von Katzenpipi. Aber dann kam ich zu dem Schluss, dass es doch vorteilhafter wäre, noch eine Weile zu leben und lieber etwas später ins Gras zu beißen – und vor allem woanders. An einem Ort, wo es nicht so höllisch stank.

»Va tutto bene, Ambra?«, fragte Nonna. »Alles in Ordnung? Du bisschen grün in Gesicht.«

Ich nickte, sagte aber nichts, denn sonst hätte ich durch die Nase atmen müssen. Und dann wäre ich garantiert in Ohnmacht gefallen.

»Ich dich jetzt allein lassen, *si*?«

Wieder nickte ich.

Nonna ging raus und ich war mir ziemlich sicher, dass sie von einem Ohr zum anderen grinste.

Ich schielte zu den Katzenklos.

Sofort geriet mein Magen wieder ins Schlingern.

Na los, jetzt nicht schlappmachen, Amber, ermunterte ich mich.

Und tatsächlich fühlte ich mich nach einer Weile innerlich einigermaßen gewappnet. Ich kramte meine Sachen aus der Tasche und breitete sie vor mir aus. Als Erstes vermengte ich die Desinfektionslösung in einem kleinen Eimer mit Wasser. Dann zog ich die Latex-Handschuhe aus der Tüte und streifte fünf Paar über, eines über das andere. Anschließend schlüpfte ich in Mums Regenjacke, zog die Ärmel bis über die Hände und rollte am unteren Ende dicke Gummibänder drüber, damit nichts, aber auch wirklich *gar nichts* von unten reinspritzen konnte. Zuletzt klemmte ich mir den Nasenclip vom Tauchen auf die Nase und schnappte mir den großen schwarzen Plastikmüllsack.

Erneut beäugte ich die Katzenklos. Ich hätte auf der Stelle losheulen können.

Das war mit Abstand der schlimmste Tag meines Lebens. Schlimmer noch als fast in der Schulmülltonne zu landen oder mit sechs Jahren von einem Hund gebissen zu werden.

Aber dann musste ich wieder daran denken, wie schön es wäre, mir von meinem selbst verdienten Geld ein Smartphone zu kaufen. Mein eigenes technisches Spielzeug, mit Kamera, Fotosammlung und massenhaft Apps. Wie toll es wäre, morgens den Bus abzupassen und nicht mehr von Chloe abhängig zu sein. Oder Bilder von irgendwelchem Schnickschnack auf Instagram zu posten. Oder zu jeder Zeit und an jedem Ort Informationen über tödliche Katzenpipi googeln zu können. Kurz: Ich dachte daran, wie genial es wäre endlich Anschluss an die moderne Welt zu haben. Endlich cool und nicht mehr sauriermäßig zu sein.

Klar, damit wären längst nicht *alle* meine Probleme gelöst – aber es wäre ein Anfang.

Also, Augen zu und durch: Ich schaltete mein Gehirn ab, schnappte mir das Kehrblech und begann das widerliche, feuchtklumpige Zeug aus den Katzenklos herauszuschaben und in den schwarzen Müllsack zu schaufeln.

Ich erzähle euch jetzt nicht, wie ekelerregend das war. Und wie oft ich dachte, mich übergeben zu müssen. Und wie sehr ich mich wegen der ganzen Bakterien und todbringenden Krankheitserreger verrückt machte, denen ich mich freiwillig aussetzte. Meine Gesichtsfarbe wechselte bestimmt im Sekundentakt zwischen grün, weiß und blau – den Farben der Nationalflagge von Kotzland. Aber ich tat, wofür ich bezahlt wurde, und zwar so zügig wie möglich. Und dann war ich plötzlich fertig und konnte diesen Ort des Grauens verlassen.

Ich stopfte die verkeimten Handschuhe in drei Plastiktüten und diese dann in den schwarzen Müllsack, verabschiedete mich von Nonna, die superzufrieden war mit meiner Arbeit, und schmiss den Müllsack in den großen Abfallcontainer draußen im Hof. Dann ging ich nach Hause und verbrachte den Rest des Tages damit, meine Hände bis hoch zu den Ellbogen zu schrubben und mit antibakterieller Mundspülung zu gurgeln.

Die fünf Pfund, die Nonna mir bezahlt hatte, steckte ich in meine Schublade.

Fehlten nur noch fünfundfünfzig Pfund. Das hieß, dass ich noch elf Mal zu Nonna gehen musste.

Würg.

Zwanzig – Venti – Ni jū

Ich brauchte ewig für meine Hausaufgaben, weil ich den halben Sonntag damit verbrachte, aus dem Fenster zu gucken und den Montag zu verfluchen, an dem ich wieder in die Schule musste.

Miss Figgis' Kurs war schon beim ersten Mal ein absoluter Albtraum gewesen, aber jetzt kamen noch das Joanne-Pyke-Problem und der Kunstwettbewerb dazu.

Ich dachte mir tausend verschiedene Möglichkeiten aus, diesem Horror zu entgehen: Zum Beispiel könnte ich behaupten, dass mir schlecht sei, und mich auf wackeligen Beinen ins Sekretariat schleppen. Allerdings hatte ich keine Ahnung, wie sie solche Fälle an der Spit-Hill-Highschool handhabten. An der Parker Harris musste man schon kurz vorm Verbluten sein, bevor sie die Eltern verständigten.

Oder ich könnte so tun, als hätte ich die *Weltreise ins Innere* vergessen. Schwups, einfach nicht dran gedacht. Aber das ging wahrscheinlich auch nicht. Miss Figgis würde nach mir suchen.

Kurz überlegte ich, ob ich einfach den kompletten Dienstag schwänzen sollte, doch Mum würde ausflippen, wenn sie es herausbekam. Und überhaupt: Wohin sollte ich in der Zeit gehen?

Mum arbeitete meistens zu Hause und ich hatte keine Lust, so lange draußen rumzuhängen.

Nein, ich hatte wohl keine andere Wahl.

Irgendwann würde Joanne mich sowieso abpassen – und dieser Tag rückte näher, das spürte ich. Vor meinem geistigen Auge sah ich sogar schon, wie sich die Bakterien in der Abfalltonne warmliefen, um im richtigen Moment über mich herzufallen.

Puh, ich musste ganz schnell auf andere Gedanken kommen, deshalb verließ ich mein Zimmer, um Bella die Antwort auf ihren letzten Brief zu überreichen.

Liebe Bella,

ich komme weder mit dem Hubschrauber noch in einer Limousine, weil ich nämlich GAR NICHT KOMME. Im Ernst, kannst Du nicht lesen? Und die Farbe schreibt sich übrigens »gelb«, nicht »gelp«.
Aber ich hoffe, Du hast ein schönes Geburtstagsfest ... das ohne eine langweilige, nervige Clownsfrau wie Clopsie bestimmt noch viel witziger und spannender wäre. Nur so nebenbei.

Ich drück Dich!
Dad

Wenn sie es diesmal nicht kapierte, dann war ihr echt nicht mehr zu helfen.

Später am Nachmittag, als ich meine Kata-Übungen im Wohnzimmer machte, kam Bella herein. Nachdem sie sich davon überzeugt hatte, dass Mum in der Küche zu Gange war, gab sie mir einen Brief.

»Schon wieder einen?«, fragte ich.

»Jep.«

»Wird das nicht langsam etwas viel?«

»Dad freut sich darüber. Hat er mir geschrieben.«

Ich musterte sie scharf. »Bist du sicher? Ich könnte mir eher vorstellen, dass es ihm auf die Nerven geht.«

»Schick ihn einfach ab, okay?«

Ich musste den Brief in mein Zimmer bringen, denn ich konnte ihn schlecht unter mein Shirt stecken und damit Karateübungen machen. Sobald ich die Tür hinter mir geschlossen hatte, öffnete ich den Umschlag.

Liber Dad,

sol ich Ben Harper heiratten? Er ist schon sieben. Ist das zu alt für mich?

Küschen von Bella

Heiraten? Ben Harper??

Meine Schwester hatte mehr als nur eine Schraube locker! Aber so was von!

Ich schnappte mir einen Stift und ein leeres Blatt Papier und schrieb zurück. Ich musste meine Antwort loswerden, jetzt sofort, auch wenn ich ihr den Brief erst in ein paar Tagen geben konnte.

Liebe Bella,

Du hast noch ein bisschen Zeit, um übers Heiraten nachzudenken. Ungefähr zwanzig Jahre. Wenn Du Ben Harper mit siebenundzwanzig immer noch magst, kannst Du's Dir ja überlegen. Du solltest aber wissen, dass seine große Schwester total auf Justin Bieber steht. Ich könnte mir vorstellen, dass Du in so eine Familie nicht einheiraten möchtest.

Ich drück Dich!
Dad

Einundzwanzig – Ventuno – Ni jū ichi

Am nächsten Morgen war Bella nichts anzumerken. Sie war so wie immer, summte beim Frühstück vor sich hin und bastelte ein kitschiges Armband.

Ich hielt es nicht mehr aus. Ich musste raus, raus an die frische Luft.

Ich peilte einen frühen Bus an, um Chloe nicht zu treffen, und stand mal wieder wie eine Steinzeitfrau an der Bushaltestelle. Ich hatte es nicht wirklich eilig und fühlte mich auch ein bisschen mies wegen Chloe, aber ich wollte einfach alleine sein. Außerdem hatte Chloe ja noch Eva und Millie, deswegen musste ich vielleicht nicht ganz so ein schlechtes Gewissen haben. Ich hatte schon die Hälfte der Busfahrt hinter mir, als ich Chloes morgendliche Routine-SMS bekam.

Langsam fand ich mich in dem riesigen Schulgebäude zurecht, und diesmal hatte ich auch keine Bücher vergessen und sogar alle Hausaufgaben gemacht. Und das Allerbeste: Den ganzen Vormittag über blieb mir der Anblick von Joanne Pyke erspart.

Vielleicht ging es ja endlich bergauf. Als ich die Treppe zu den Schließfächern hinunterhüpfte, war die Welt für mich fast wieder in Ordnung.

Doch als ich dort ankam, verging mir die gute Laune schlagartig. Vorne auf meinem Fach klebte ein selbst gemaltes Bild. Darauf waren ein paar Spinnen in ihren Netzen zu sehen und ein Herz mit einem Pfeil in der Mitte und der Aufschrift: *AMBER + Mr Batty.*

Ein paar ältere Mädchen kamen vorbei, sahen die Zeichnung und fingen an zu lachen.

Ich stand vor meinem Schließfach und hatte das Gefühl, meine Haut würde wegglühen. Mr Batty war Naturwissenschaftslehrer. Er war ungefähr hundertsechsundneunzig Jahre alt und kam jeden Morgen mit hautengen Hosen und Schlangenlederschuhen zur Schule. Als ich das Bild genauer betrachtete, erkannte ich in der Ecke noch eine Abfalltonne.

Joanne Pyke! Moment mal, woher wusste die, welches mein Schließfach war?

Und dann kreuzte auf einmal – tolles Timing, echt! – der Schließfachjunge auf. Er ließ seine schwere Tasche auf den Boden plumpsen, und als er sich runterbeugte, fiel ihm eine Strähne ins Gesicht und seine sommersprossige Nase kräuselte sich von der Anstrengung.

»Wow, coole Zeichnung«, meinte er. »Ist die von dir?«

Na, da hatte er den Spruch noch nicht gelesen. Ich riss den Zettel ab und zerknüllte ihn.

»Nee, ist sie nicht.«

»Oh.« Er blickte zu dem Papierklumpen in meiner Hand und dann wieder zu mir. »Alles okay mit dir? Du bist ein bisschen weiß um die Nase.«

»Alles gut. Dieser Montag versucht zwar hartnäckig, der mieseste Montag meines Lebens zu werden, aber es stehen sicher noch einige andere bevor, die das Rennen machen.«

Er lachte.

Er lachte!!!

»Na, dann hoffe ich mal, dass dir nicht noch ein Buch aus meinem Schließfach auf den Kopf fällt. Das würde den Tag endgültig versauen«, sagte er und zog den Reißverschluss seiner Tasche auf. »Mein Fach ist direkt über deinem. Wie heißt du? Ich bin Luis.«

»Amber.«

Er nickte. »Na, dann wünsche ich dir, dass dein Tag sich bessert, Amber.« Er bückte sich erneut und kramte Bücher aus seiner Tasche, während ich verlegen davonstakste.

Zwar hätte ich mich immer noch lieber in einem haiverseuchten Ozean aufgehalten als in der Schule, aber trotzdem: Mein Tag war gerade einen Tick heller geworden.

Ich ließ das zusammengeknüllte Bild auf einem Fenstersims liegen. Dort würde es hoffentlich vom Reinigungspersonal aufgesammelt und weggeschmissen, denn ich selbst konnte gerade nicht mal den Anblick eines Mülleimers ertragen. Jedes Exemplar, an dem ich vorbeikam, stufte ich automatisch auf meiner persönlichen Ekelskala ein – und dann stellte ich mir vor, wie Joanne Pyke mich kopfüber hineinstopfte.

Als ich nach dem Katzenkloputz endlich zu Hause war, verzog ich mich sofort in mein Zimmer. Die Unordnung haute mich fast um. Ich war die letzten Tage so beschäftigt gewesen mit Briefeschreiben, Hausaufgabenmachen und Panikschieben, dass ich gar nicht bemerkt hatte, wie meine Zeichenecke im Chaos versank. Meine Caran-d'Ache-Stifte, die eigentlich immer nach Farben sortiert in der Schachtel steckten, lagen verstreut auf dem ganzen Schreibtisch herum. Alles war bedeckt mit Papier und alten Zeichnungen und meine zehntausend Schulbücher stapelten sich auf dem Boden. Ihr müsst wissen: In der Highschool wird man mit Büchern nur so zugeschüttet. Wer weiß, wie viele Wälder dafür abgeholzt werden. Total umweltschädigend! Eigentlich ein Grund, Schule zu verbieten.

Ich musste unbedingt aufräumen. Ich vertrug eine solche Unordnung nicht, nicht in meiner Zeichenecke. Außerdem war ich ziemlich gestresst, denn morgen war Dienstag – der Tag der *Weltreise ins Innere*. Da würde ich Joanne begegnen und ein Bild abliefern müssen – und ich hatte nicht vor, dieses Bild zu malen.

Oh Gott, was hätte ich drum gegeben, morgen nicht zur Schule zu müssen. Dienstag war mit Abstand der grauenhafteste Tag der Woche. Andererseits: In Miss Figgis' Kurs würde Joanne ja wohl kaum über mich herfallen. Ich musste also einfach zusehen, ihr nicht außerhalb des Kurses über den Weg zu laufen.

Na, wenn's weiter nichts war …

Zweiundzwanzig – Ventidue – Ni jū ni

Am nächsten Morgen musste ich mich regelrecht zwingen aufzustehen. Beim Anziehen kam ich mir so vor, als wäre ich mindestens siebenundneunzig: Ich musste eine Verschnaufspause nach der anderen einlegen. Danach brauchte ich ungefähr ein Jahrhundert, um meine Schultasche zu packen, weil mein Gehirn immer wieder abstürzte und ich es neu starten musste. Als Chloe mir eine Nachricht schrieb, saß sie bereits mit Eva und Millie im Bus und fragte sich, wo ich blieb. Es war übrigens ihre fünfzehnte SMS an diesem Morgen. Ich antwortete nicht.

Schließlich schleppte ich mich zur Bushaltestelle und stand mir die Beine in den Bauch. Wie eine Steinzeitfrau. Der Bus kam ungefähr nach einem Jahrzehnt.

Vor der zweiten Stunde traf ich Chloe bei den Schließfächern.

»Da bist du ja«, sagte sie. »Wo hast du gesteckt?«

»Ich war spät dran. Hab … verschlafen.«

»Oh. Hast du gesehen, was Eva auf Instagram gepostet hat? Total witzig, der absolute Hammer.«

»Du weißt doch, ich hab ein prähistorisches Handy.«

»Ach ja, stimmt. Mal im Ernst, kriegst du irgendwann ein neues oder ist das erst mal nicht geplant?«

Ich reckte mein Kinn und sagte: »Doch, ist geplant.«

Und dann drehte ich mich auf dem Absatz um und stiefelte davon.

Ja, ich würde ein Smartphone haben, basta! War nur noch eine Frage der Zeit. Allein die Gewissheit machte mich schon glücklich. So sehr, dass ich in Französisch sogar besser aufpasste als sonst. Nicht dass mein Lehrer das bemerkt hätte …

In der vierten Stunde war der Kurs von Miss Figgis. Ich versuchte cool zu sein und mir nichts anmerken zu lassen, aber innerlich war ich ein einziges Nervenwrack. Joanne saß am Fenster und starrte raus. Sie schien mich nicht bemerkt zu haben, deshalb schlich ich zu einem freien Stuhl und betete, dass es so bleiben würde.

»So, dann bildet bitte mal alle einen Sitzkreis«, rief Miss Figgis und klatschte in die Hände.

Ich schluckte. Das war der Moment, in dem Joanne mich erspähte. Sie stand auf, zog ihren Stuhl in den Kreis und stellte ihn direkt gegenüber von mir hin. Aus den Augenwinkeln sah ich, wie sie mir einen Blick zuwarf, bei dem ich garantiert binnen Sekunden versteinert wäre, hätte ich nicht krampfhaft zu Boden geschaut.

Dann bat Miss Figgis uns, unsere Bilder herauszuholen.

Ich schluckte noch einmal.

Während die anderen Teilnehmer in ihren Taschen wühlten, inspizierte ich weiter den Fußboden.

»Amber?«, fragte Miss Figgis. »Gibt's ein Problem?«

Wie in Zeitlupe hob ich den Blick und sah Miss Figgis direkt in die Augen. »Ich hab's nicht … Ich hab keins. Tut mir leid.«

»Aber jeder hier sollte doch ein Bild mitbringen, Amber. Das ist wichtig. Keine Entschuldigung. Joanne? Wo ist deins?«

»Ich hab's bereits aufgehängt. Irgendwo an ein Schließfach. Keine Ahnung, wo es jetzt ist«, sagte sie. Ich spürte, wie sie mich mit ihrem Blick durchbohrte. Stein. Steeiin. Steeeeeiiiiin. Ich traute mich nicht sie anzusehen.

Miss Figgis war alles andere als begeistert. »Der Kunstwettbewerb an dieser Schule ist etwas ganz Besonderes. Eine Würdigung des kreativen Ausdrucks unserer Schüler«, sagte sie und dann schwadronierte sie noch weitere fünf Minuten darüber, wie absolut wichtig es sei, kreatives Potenzial zu fördern, bla, bla, bla. Nach ungefähr dreißig Sekunden hörte ich nicht mehr zu.

Als sie mit ihrem Vortrag fertig war, mussten wir uns an den Händen fassen und das Lied *Wir sind eine Familie* singen. Dann bat sie uns der Reihe nach, etwas zu nennen, das uns wichtig war. Es war die Hölle.

Hannah sagte: »Ähm … X-Factor?«

Ein Mädchen namens Micky meinte: »Ein fetter Lottogewinn.«

Ich hatte zwar keine Lust, dazustehen wie eine, die sich nur für Geld interessiert, sagte aber trotzdem: »Ein neues Handy.«

Am Ende der Runde klatschte Miss Figgis wieder in die Hände und fragte: »Könnt ihr euch vielleicht etwas Persönlicheres vorstellen? Irgendetwas, das ihr mit einem starken Gefühl verbindet? Einen Menschen oder etwas, das ihr im Herzen tragt? Joanne, du fängst an. Was ist dir wichtig? Tief in dir drin?«

Joanne sah mich an und zischte: »Rache.«

Wieder hatte ich das Gefühl, als würde in meinem Inneren etwas absterben, irgendein kleines Teil. Das war jetzt schon so oft abgestorben, dass es inzwischen supertot war.

»Tja, daran werden wir wohl arbeiten müssen, Joanne«, erwiderte Miss Figgis. »Und ich hoffe doch sehr, dass diese Bemerkung nicht auf Amber gemünzt ist. Okay, Amber und Joanne, morgen will ich eure Zeichnungen sehen. Falls ihr sie dann wieder nicht dabeihabt, werdet ihr am Nachmittag zu einer Extrastunde antanzen. Die werden wir drei dann nutzen, um uns etwas intensiver zu unterhalten.«

Ich wäre vor Schreck fast vom Stuhl gefallen.

»Deshalb rate ich euch: Malt eure Bilder«, fuhr sie fort. »Und bringt sie um Viertel vor neun in den Kunsttrakt. Ich nehme sie dort in Empfang. Am Freitag werden schon die Gewinner bekannt gegeben. Es wird also höchste Eisenbahn, wie man so schön sagt, und es gibt keine Entschuldigungen mehr. Und jetzt weiter im Text …«

Ich musste bis zum Ende der Stunde noch so oft schlucken, dass mein Magen wahrscheinlich total vollgepumpt war mit Luft. Vielleicht würde ich sogar an Luftverstopfung sterben? Gut möglich, dass Luftschlucken gefährlich war. Sicherheitshalber beschloss ich das später zu googeln.

Als wir den Klassenraum endlich verließen, zischte Joanne mir ein »Bis später, Miyamoto« zu und stach mit ihrem Finger nach mir.

Oh Gott, was war ich froh, da rauszukommen.

Als ich nach Hause kam, trat Mum aus ihrem Zimmer und blieb mit verschränkten Armen im Flur stehen.

»Hi, Mum«, begrüßte ich sie und warf ihr einen argwöhnischen Blick zu. Irgendwas lag in der Luft.

»Wir zwei sollten uns mal ein bisschen unterhalten«, sagte sie.

Schluck. Und gleich noch mal schluck.

»Du berichtest rein gar nichts von der Schule und so langsam fange ich an mir Sorgen zu machen.«

Ich schwieg.

»Komm, setz dich hier an den Tisch und erzähl mir ein bisschen was.«

Bella schaute *Rapunzel*, und obwohl ich den Film in- und auswendig kannte, hätte ich mich tausendmal lieber zu ihr gefläzt und mitgeguckt. Aber das stand für mich wohl nicht zur Auswahl.

Also setzte ich mich an den Tisch und erzählte Mum von Französisch und Mathe und von Chloe und den übrigen Mädchen und von allen möglichen anderen Belanglosigkeiten, bis sie plötzlich fragte: »Und was ist mit Kunst?«

»Och, das ist ganz gut.«

»Und dieser Kunstwettbewerb? Der Abgabetermin ist doch morgen.«

»Woher weißt du das?«

»Es gibt einen Schul-Newsletter für Eltern. Der wird uns einmal pro Woche zugemailt. Warum hast du mir nichts von dem Wettbewerb gesagt?«

Bescheuerter Newsletter. »Weil ich nicht mitmache«, murmelte ich.

»Aber warum denn nicht? Du bist so begabt und weißt es nicht mal. Ich wünschte, ich hätte nur die Hälfte von deinem Talent.«

Ich schnitt eine Grimasse. Das sagen Mütter immer. Da kann man mit einem wilden Klecks auf einem Zettel nach Hause kommen, den man in Nullkommanichts mit 'ner Klobürste raufgeklatscht hat, und die Mutter ist fasziniert. Nein, wenn's ums Thema Talente geht, sind Mütter total unglaubwürdig. Und beim Thema Aussehen ist es eigentlich dasselbe. Gregory Popov hat eine Visage wie ein Kugelfisch, aber seine Mutter findet ihn »hinreißend«.

Wenn es also etwas gibt, das ich mit meinen fast zwölf Jahren gelernt habe, dann dies: Hält deine Mum dich für bildhübsch oder talentiert, solltest du dir schleunigst eine zweite Meinung einholen.

»Ich kann das nicht. Ich kann es einfach nicht.«

»Mach doch bitte mit«, drängte Mum. »Du könntest die Preise sehr gut gebrauchen. Du benötigst dringend neue Malsachen – und du weißt, wie teuer die sind. Und überhaupt: Das wäre in jeder Hinsicht gut für dich.«

Ich stöhnte.

»Na komm, gib dir einen Ruck«, sagte sie, stand auf und ging in die Küche.

Dreiundzwanzig – Ventitré – Ni jū san

Ich war so sauer, dass ich in mein Zimmer stampfte und die Tür hinter mir zuknallte.

Verdammt, Mum konnte mich doch nicht zwingen gegen meinen Willen an diesem blöden Wettbewerb teilzunehmen! Das verstieß gegen die Menschenrechte! Und die galten ja wohl auch für mich. Ich könnte dagegen klagen … Oh, das war überhaupt *die* Idee: Wenn ich klagte, würde ich eine Entschädigung kriegen und davon könnte ich mir ein neues Handy kaufen!

Ich stürzte zum Computer im Wohnzimmer, um »Menschenrechte« zu googeln. Mum brannte gerade mal wieder das Essen an, die war also beschäftigt und würde mich nicht stören. Ich gab die Suchbegriffe »Menschenrechte« und »Eltern verklagen« ein. Bei den Ergebnissen klickte ich als Erstes »Familienehre« an und dann ergab ein Klick den anderen. Ich weiß nicht mehr, wie ich dahingekommen bin, aber plötzlich war ich auf einer Seite über Samurais.

Falls ihr nicht wisst, was Samurais sind, kann ich euch nur raten euch schlauzumachen. Das sind legendäre Krieger, die im alten Japan die Kaiser und deren Clans beschützten. Samurai konnte man nur werden, wenn man in eine Samurai-Familie hineingeboren wurde. Samurais waren absolute Meister im Bogenschießen und in sämtlichen Kampfkünsten, auch zu Pferd. Sie waren einfach *molto* cool! Na ja, bis auf ihre Frisuren, die sahen ziemlich beknackt aus. Jahrhundertelang spielten sie in der japanischen Gesellschaft eine ziemlich wichtige Rolle und waren ganz schön Respekt einflößend. 1870 kam dann die Wende: Da schaffte sich der damalige Kaiser eine moderne Armee an, zu der alle möglichen Leute gehörten, nicht mehr nur Samurais. Die sind deshalb nach und nach verschwunden.

Aber das Coolste sind die Legenden, die sich um sie ranken. Samurais waren berühmt für ihren ausgeprägten sechsten Sinn. Sie konnten Gefahren zehn Meilen gegen den Wind riechen. Ihnen entging absolut nichts: nicht mal der winzige Luftzug, den ein Schmetterling, der irre weit entfernt auf einem Blatt hockte, beim Auseinanderfalten seiner Flügel verursachte. Wenn sie irgendwo in einem Raum saßen, dann spürten sie über riesige Distanzen hinweg, wenn sich jemand näherte. Also saßen sie einfach nur ganz still da, totenstill, und warteten. Und genau in dem Moment, wo der Feind sein Schwert zum Todesstoß erhob, wirbelten sie herum und schlugen ihm den Kopf ab.

Wenn sie in Gefangenschaft gerieten oder bei der Erfüllung ihrer Pflichten scheiterten, dann begingen sie lieber *Seppuku* oder *Harakiri*, als von ihren Feinden entehrt oder getötet zu werden. Das war eine ziemlich ekelhafte Tradition. Sie setzten sich auf den Boden, ergriffen ihr Spezialmesser, rammten es sich tief in den Bauch und schlitzten sich von einer Seite zur anderen auf. Dann ließen sie sich von einer bestimmten Person köpfen. Überhaupt gab es jede Menge Enthauptungen im alten Japan. Die

Köpfe müssen damals nur so herumgerollt sein, wie Fußbälle auf dem Trainingsplatz. Aber das nur nebenbei.

Ein Teil der Website beschäftigte sich mit den Clans der Samurai. Ich scrollte durch die Liste der alten Samurai-Familien und plötzlich wären mir fast die Augen aus dem Kopf gefallen.

Der Name Miyamoto stand mit dabei!

Wie konnte das denn sein?

Wenn Miyamoto ein Samurai-Name war, dann war ich ja eine Samurai-Nachfahrin!

Während des gesamten Essens ging mir der Gedanke nicht aus dem Kopf. Ich konnte es gar nicht abwarten, ein paar coole Samurai-Skizzen zu zeichnen, aber Mum machte mir mal wieder einen Strich durch die Rechnung:

»Heute Abend malst du das Bild für den Kunstwettbewerb, Amber«, sagte sie. »Gleich wenn du von Nonna kommst.«

»Aber …«

»Nichts aber. Mach's einfach.«

Auch bei Nonna musste ich die ganze Zeit über Samurais nachdenken. Der Katzenklojob war zwar nicht einfacher geworden, aber durch die Latex-Handschuhe fühlte ich mich irgendwie unbesiegbar. Die gefielen mir so gut, dass ich schon überlegte, sie auch bei anderen Gelegenheiten zu tragen. Vielleicht sogar immer. Im Winter würde das noch nicht mal auffallen, da könnte ich sie unter meine Wollhandschuhe ziehen. Im Sommer würde es allerdings ein bisschen bescheuert aussehen – in der Schule zum Beispiel oder beim Bezahlen an der Supermarktkasse.

Eigentlich hatte ich nicht den Eindruck, dass ein täglich geschrubbtes Klo für die Katzen lebensnotwendig war. Ich hätte Nonna gerne danach gefragt, befürchtete aber, dass sie mir am Ende zustimmte, und dann wäre ich meinen ersten und einzigen Job los. Also hielt ich lieber den Mund.

Nachdem ich mit der widerwärtigen und wahrscheinlich hochgiftigen Arbeit fertig war, ging ich nach Hause, desinfizierte meine Hände mit antibakteriellem Waschgel und legte das neu verdiente Geld in meine Schublade. Irgendwie hatte ich die stille Hoffnung, dass es da drin brüten und sich vermehren würde, so wie Bakterien. Aber jedes Mal wenn ich nachschaute, lag es noch genauso da, wie ich es reingetan hatte. Wäre ich eine Topwissenschaftlerin, würde ich schleunigst an einem Geldvermehrungsverfahren arbeiten.

Trotzdem wuchs der Betrag in der Schublade natürlich langsam an.

Ich hatte mich im Internet inzwischen über sämtliche Funktionen meines zukünftigen Smartphones informiert. Auf der Website des Herstellers gab es sogar eine Kurzanleitung.

Himmel, war das aufregend. Es kam mir schon fast so vor, als würde ich das Teil in den Händen halten.

Später am Abend ging ich in mein Zimmer und schloss die Tür. Ich hatte keine Ahnung, was ich wegen dem Kunstwettbewerb machen sollte, also legte ich mich aufs Bett und vergrub mein Gesicht in den Kissen. Was ich in letzter Zeit ziemlich oft getan hatte.

Da hörte ich plötzlich ein Geräusch.

Ich sah auf. Mein Traumvater ragte neben meinem Bett empor, riesengroß, eine Urgewalt mit hocherhobenem Schwert. Er trug eine Ganzkörperrüstung und einen Helm mit Visier, genau wie die alten Samurais, die ich bei der Google-Bildersuche entdeckt hatte. Der untere Teil der Rüstung sah ein bisschen wie ein Rock aus, aber das sagte ich lieber nicht laut.

»Amber Miyamoto«, dröhnte er. »Warum liegst du besiegt danieder? Das entspricht nicht dem Bushidō, dem Verhaltenskodex der Samurai. Wir sind Kämpfer! Im Namen des Shōguns höchstpersönlich befehle ich dir aufzustehen!«

»Komm morgen wieder«, knurrte ich in mein Kissen. »Heute ist nicht mein Tag.«

»Wer weiß, ob es ein Morgen gibt. Wir müssen *heute* kämpfen, denn die Kriegsherren wollen unser Land und unsere Städte einnehmen. Der Shōgun persönlich hat uns herbeigerufen. Das ist die allerhöchste Ehre. Deshalb: Erhebe dich, Miyamoto, und nimm dein *Katana*.«

Mein Katana? Ich konnte nicht anders, ich hob neugierig den Kopf. Mein Traumvater hielt ein Samuai-Schwert in Händen. Das Metall glänzte und funkelte und in den schwarzen Griff waren kleine Dreiecke eingekerbt. Es war einfach wunderschön.

»Nun steh schon auf, Miyamoto! Wir müssen unsere Feinde bekämpfen. Bis aufs Blut.«

»Bis auf unser oder deren Blut?«

»Je nachdem, welches zuerst fließt.«

Igitt, Blut. Aber ein Katana wollte ich schon immer haben. Ich schnappte mir meine Stifte und ein paar Bögen Papier und begann, mich in voller Rüstung – der sogenannten *Dō* – zu zeichnen. Ich hüllte mich in dickes, glänzend lackiertes Leder, hängte mir bleierne, mordsschwere Panzerplatten um und setzte mir einen Helm auf, der so groß war, dass er mir über die Augen rutschte. Schließlich ließ ich mein Katana in die dafür vorgesehene Scheide am Gürtel gleiten.

Wow! Ich gefiel mir in der Rüstung! Samurai Amber! Ich malte mich mit hocherhobenem Schwert, danach im Kampf mit meinem Traumvater und schließlich uns beide, wie wir Heerscharen von Feinden erledigten. Vom Himmel hingen dicke Gewitterwolken, rechts und links zu unseren Füßen lagen besiegte Krieger und sterbende Pferde, alle blutbespritzt. Ich zeichnete eine ganze Bilderserie: Amber als todesmutige Kriegerin, die allen anderen den Garaus machte.

»Bravo! Das ist dein wahres Ich, Miyamoto«, sagte mein Traumvater mit heiserer Stimme. »Du bist eine mächtige, furchtlose Vertreterin der Samurai-Familie. Und jetzt hör endlich auf dich so anzustellen und gib dieser Frau das Bild, das sie haben will.«

»Aber genau das will ich nicht«, jammerte ich. »Ich habe sowieso keine Chance zu gewinnen, da komme ich mir echt bescheuert vor. Und ich möchte einfach nicht, dass jemand Fremdes meine Bilder sieht.«

»Ha!«, schnaubte er. »Misserfolg ist dazu da, dass man aus seinen Fehlern lernt und sich verbessert. Jetzt mach schon, Samurai, zeichne. Zeichne, wie du noch nie zuvor gezeichnet hast.«

Er hatte ja Recht. Samurais hätten sich auch nicht verkrochen und rumgejammert, sondern die Herausforderung hocherhobenen Hauptes angenommen.

Also stieg ich aus dem Bett und setzte mich an den Schreibtisch. »Okay, dann mal los«, knurrte ich und schnappte mir einen neuen Stapel Papier.

Ich malte und malte und malte. Bis es total spät war. Machte Bleistiftskizzen und Tuschezeichnungen. Experimentierte mit meinen Caran-d'Ache-Stiften und einem Pinsel. War wie im Rausch. Meine Augen brannten und mein Rücken tat weh, weil ich die ganze Zeit gebeugt dahockte. Ob ihr's glaubt oder nicht: Beim Malen vergehen die Stunden wie im Flug, und wenn man dann auf die Uhr schaut, fällt man aus allen Wolken.

Als ich die Augen kaum noch offen halten konnte, tauchte mein Traumvater plötzlich wieder auf und machte sich umgehend daran, sein Schwert zu schleifen.

»Hey, schau dir die Zeichnungen an, die ich gemacht habe«, sagte ich. »Von dir und mir. Ich werde dich aus diesem Bild und mich aus dem dort ausschneiden und eine Collage von uns beiden machen, wie wir sämtliche Kriegsherren besiegen.«

»Und dann reichst du sie bei diesem Kunstwettbewerb ein«, sagte er.

»Oh … äh, nee, ich hab meine Meinung geändert.« Ich blickte auf die Zeichnungen. »Ich reiche gar nichts ein.«

»Dann muss ich das Schwert gegen dich erheben.«

Ich grinste. Wurde aber sofort wieder ernst. Zu gruselig fand ich den Gedanken, dass meine Collage von Fremden beäugt und begutachtet würde.

»Das ist etwas total Persönliches«, erklärte ich. »Ich will nicht, dass alle Welt mir die Meinung über mein Bild sagt. Und was, wenn die Beiträge dann auch noch ausgestellt werden? Dann wird sich die gesamte Schule über mich lustig machen. Und mein Bild wird womöglich abfotografiert und auf Facebook und Instagram gepostet. Damit sich am Ende ganz London totlachen kann. Eine wahre Lachlawine wird durchs Internet rollen. Und dann werden sie Psychologen herbeirufen, die noch viel durchgeknallter sind als Miss Figgis. Ich werde mich auf die Couch legen und mein Leben zerpflücken müssen, während sie kopfschüttelnd neben mir hocken und sich Notizen machen. Und schließlich lande ich für den Rest meines Lebens in der Klapsmühle.«

Aber mein Traumvater blinzelte mir nur zu. Er glaubte mir nicht so recht, das war ihm anzusehen.

»Egal«, schloss ich. »Ich hab von diesen Zwillingen in der 11 B gehört, Max und Alex, zwei absoluten Zeichentalenten. Einer von den beiden wird gewinnen, da sind sich alle sicher.«

»Vielleicht sind Max und Alex aber ebenfalls zu feige, um ihr Bild abzugeben. Oder sie sind gestern nach Schottland gezogen. Oder ihnen sind die Arme abgefallen.«

»Okay, okay, hab's verstanden. Aber trotzdem ...«

»Willst du wirklich zusammen mit Joanne Pyke bei Miss Figgis nachsitzen? Wohl kaum, oder? Außerdem schuldest du Miss Figgis noch was, weil sie dich vor der Mülltonne gerettet hat. Na komm, gib ihr das Bild. Ist doch wirklich keine große Sache.«

Mir gefiel das Ganze zwar nicht, absolut nicht ... aber irgendwie hatte er ja Recht.

Vierundzwanzig – Ventiquattro – Ni jū shi

Am nächsten Morgen war ich so müde, dass ich kaum die Arme heben konnte, um mich anzuziehen. Vor mir lag ein weiterer langer Tag, an dem es eine Begegnung mit Joanne Pyke und der Mülltonne zu verhindern galt. Obendrein musste ich das Bild abgeben, an dem ich die halbe Nacht gearbeitet hatte.

Ich nahm es von meinem Schreibtisch und warf einen letzten prüfenden Blick darauf. Und genau in dem Moment spürte ich, wie sich das Ungeheuer unter meinem Bett erhob. »Du bist eine solche Null im Zeichnen!«, schnauzte es. »Du wirst es nie zu was bringen. Dein dämliches Bild kannst du gleich hierlassen, das will eh keiner sehen.«

Schluck. Es hatte vollkommen Recht.

Ich war schon kurz davor, das Bild zu zerreißen, als mir etwas einfiel.

Ich war doch ein Samurai, verdammt noch mal, und Samurais kannten keine Angst. Nein, ich würde mich nicht verstecken! Und ich würde auch nicht mit Joanne Pyke bei Miss Figgis nachsitzen. Hier ging es um meine Ehre. Wenn ich es nicht schaffte, die zu verteidigen, würde ich mitten auf dem Schulhof *Seppuku* begehen müssen – und das würde wohl keiner besonders lustig finden. Schon allein deshalb nicht, weil ich jemanden bräuchte, der mir den Kopf abschlug. Wahnsinnig viele Freiwillige würden sich da bestimmt nicht melden. Ganz zu schweigen von der Schweinerei, die sie am Ende auch noch wegwischen müssten – all das Blut, die Gedärme, Essensreste und was man sonst noch so in sich hat.

Widerlich.

Und trotzdem: Es fühlte sich so an, als würde ich einen Teil meines Herzens herausreißen, um es Miss Figgis zu übergeben. Es kostete mich wirklich Überwindung, mein Bild herzuzeigen, obendrein unfreiwillig. Überhaupt: Warum musste man andauernd Sachen machen, die man eigentlich gar nicht machen wollte? Warum konnte das Leben nicht einfach so sein, wie man es sich wünschte, Punkt, aus?

Aber vielleicht hatte Dad genau das getan. Er war einfach seinen Wünschen gefolgt. Und ihr wisst ja, wohin uns das geführt hat.

»Tu mir einen Gefallen«, rief ich meinen Traumvater leise herbei. »Begleite mich heute zur Schule, ja? Ich brauche dich.«

»Ach was, das ist bestimmt alles nur halb so wild«, meldete er sich sofort. »Manchmal ist der Gedanke an etwas viel schlimmer als die Sache selbst.«

»Manchmal übertrifft die Sache aber auch die schlimmsten Befürchtungen.«

»Stimmt auch wieder.«

Während ich mein Müsli löffelte, fragte ich mich, ob ich wohl ein japanisches Frühstück runterkriegen würde: salzigen Fisch und Reis. Brrr, klang ziemlich abartig, jedenfalls für diese Tageszeit.

Mum tauchte mit verschränkten Armen in der Tür auf.

»Du hast deine Zeichnung hoffentlich da drin?« Sie nickte in Richtung meiner Schultasche.

»Nö.«

»Amber …« Ihre Stimme klang streng.

»Sie ist *hier* drin«, sagte ich und deutete auf meine Zeichenmappe, die an der Wand lehnte.

Da musste sie grinsen. »Komm bloß nicht auf die Idee, die Mappe *aus Versehen* stehen zu lassen«, sagte sie. »Weil ich sie dir dann nämlich bringen muss. Und du willst doch nicht, dass ich dir laut schreiend auf dem Schulweg hinterherrenne, oder?«

Entsetzt schüttelte ich den Kopf.

»Dachte ich's mir doch.«

Chloe bombardierte mich immer noch mit Verabredungs-SMS für die Bushaltestelle, aber ich hatte einfach keine Lust, mit ihr zusammen zu fahren. Ich hatte keine Lust zu reden, mit wem auch immer. Nicht wenn ich meine Zeichenmappe dabeihatte. Das Risiko, dass man mir Löcher in den Bauch fragte, war einfach zu groß.

Als ich mich der Schule näherte, spielte mein Magen bereits total verrückt und ich bekam kaum noch Luft. Mit zitternden Beinen betrat ich das Gebäude. Doch plötzlich legte sich eine Art innerer Schalter um und ich rief mir energisch in Erinnerung, dass Samurai-Blut in meinen Adern floss! Und mit diesem Gedanken im Kopf marschierte ich ohne Umschweife und entschlossenen Schrittes zum Kunsttrakt. Dort las ich mir das Plakat für den Kunstwettbewerb noch einmal durch.

Spit-Hill-Kunstwettbewerb
»Was mir wirklich wichtig ist …«

Das Thema unseres diesjährigen Kunstwettbewerbs lautet:
»Was mir wirklich wichtig ist …«
Inhaltlich ist der Rahmen sehr weit gesteckt. Alles, was Euch in Eurem Leben etwas bedeutet, kann zu Papier gebracht werden – egal mit welcher Zeichentechnik.

Wir freuen uns, dass wir als Jurorin J. K. Gaston gewinnen konnten, die nicht nur Mutter einer Spit-Hill-Schülerin ist, sondern zugleich eine überaus renommierte Kinderbuchautorin und Illustratorin. Zu Mrs Gastons berühmtesten Büchern gehören *Möwe & Löwe schwer verliebt, Alma und Bella und der Muh-Wettbewerb, Das verknotete Schweineringelschwänzchen* und natürlich *Phineas Quinn und die Pyramide des Schmerzes* – der Jugendbuch-Bestseller über einen Druiden-Jungen, soeben erfolgreich verfilmt.

Reicht Eure Beiträge bis Mittwoch, den 12. September ein!

1. Preis: 80,– £ für Zeichenbedarf, gestiftet von Art Matters.
2. Preis: 40,– £ für Zeichenbedarf, gestiftet von Art Matters.
3. Preis: ein Besuch in der Kunsthalle und ein Kasten Ölfarben.

Bitte verseht die Kunstwerke mit Eurem Namen und gebt sie bei Mrs Fulton im Kunsttrakt ab.

Ich starrte das Plakat an – und wollte nur noch eines: gewinnen. Unbedingt. Den ersten Platz belegen und mir vom Preisgeld eine Zeichenpuppe, Airbrush-Farben, eine Leuchtbox und Schablonen kaufen! Wenn ich nur nicht so eine verdammte Angst gehabt hätte. J. K. Gaston würde mein Bild begutachten. Oh. Mein. Gott. Das packte ich einfach nicht.

Ich wollte gerade auf dem Absatz kehrtmachen und mich mit Nachsitzen abfinden, als Miss Figgis plötzlich vor mir stand.

»Guten Morgen, Amber. Ich hatte gehofft, dass du kommst. Hast du Joanne schon gesehen?«

Ich schüttelte den Kopf und wünschte insgeheim, dass Joanne sich irgendeine eklige Warzenpest eingefangen hatte und auf eine Quarantäne-Insel am anderen Ende der Welt verbannt worden war. Vielleicht hatte sie aber auch nur von meiner Samurai-Abstammung gehört und war geflohen.

»Hast du dein Bild dabei?«

Was hatte ich da noch für eine Wahl?

Ich zog das Blatt aus meiner Zeichenmappe und überreichte es Miss Figgis, wobei mein Herz und meine Eingeweide gleich mit rausgerissen wurden und auf den Boden platschten.

»Danke. Ich reiche es gleich an Mrs Fulton weiter.«

»Können Sie es nicht einfach behalten, ohne es ihr zu geben? Ich will nämlich gar nicht an dem Wettbewerb teilnehmen.«

»Es muss doch nicht gleich ein Hockney sein, Amber. Hauptsache, es kommt von Herzen. Das Ganze soll Spaß machen, mehr nicht.«

Ich kannte David Hockney. Mum hatte mich mal in eine Ausstellung von ihm mitgenommen. Ich mochte seine riesigen Bilder mit den blauen Kakteen und bunten Landschaften. Aber das waren eben die Werke eines Genies. Nicht zu vergleichen mit dem, was ich da fabriziert hatte.

Wieder rutschte mir das Herz in die Hose. Natürlich, auf diese Art von Kunst waren sie aus: auf große, lebendige, farbenfrohe Bilder. Nicht auf verrückte Collagen von Samurai-Kämpfern, zu deren Füßen haufenweise niedergemetzelte Feinde lagen, denen obendrein noch Schwerter aus der Brust ragten.

Ich stieß einen tiefen Seufzer aus, verabschiedete mich von Miss Figgis und machte mich auf den Weg zu meinem Klassenraum.

Ich hatte es getan. Ich hatte ein Bild eingereicht und konnte die Angelegenheit jetzt endlich abhaken. Aber komischerweise schaffte ich das nicht. Die Vorstellung, dass Miss Figgis mein Bild hatte, machte mich wahnsinnig. Dass sie es in diesem Augenblick vielleicht gerade anguckte. Und dass J. K. Gaston es danach auch ansehen und sogar kommentieren und bewerten würde – jetzt, wo ich nicht mehr daran arbeiten, wo ich nichts mehr verändern konnte. Es war, als wäre es in Zement gegossen. Das fühlte sich echt seltsam an.

Ich hatte erst ein paar Meter zurückgelegt, da wurden die Doppeltüren des Kunsttrakts aufgestoßen und Joanne latschte herein. Ich zuckte entsetzt zusammen und zog unwillkürlich den Kopf ein, wie eine Landschildkröte. Nur dass ich leider keinen Schutzpanzer hatte.

»Oh, da bist du ja«, rief Miss Figgis. »Ich hab mich schon gefragt, wo du bleibst. Hast du dein Bild dabei? Es klingelt gleich.«

Mit finsterer Miene reichte Joanne ihr die Plastiktüte, die sie in der Hand hielt. Offensichtlich war sie genauso wenig erpicht darauf wie ich, dass jemand ihren Wettbewerbsbeitrag sah, denn sie hatte ihn zusammengerollt und in braunes Packpapier gewickelt.

»So, ihr zwei.« Miss Figgis nahm die Tüte und zog ein übertriebenes Schmollgesicht. »Jetzt wird nicht mehr gestritten, hört ihr? Wir von der *Weltreise ins Innere* sind Freunde, wir müssen uns gegenseitig unterstützen.«

Zum Glück brauchte ich mir keine Antwort aus den Fingern zu saugen, denn in diesem Moment läutete es zur ersten Stunde und wir eilten in unterschiedliche Richtungen davon.

In der ersten Pause begegnete ich Joanne im Naturwissenschaftstrakt. Sie lief direkt hinter mir her. Für einen kurzen Moment war ich zuversichtlich: Vielleicht hatte sie sich ja geändert? Schließlich nahmen wir nun beide unfreiwillig am Kunstwettbewerb teil. Bestimmt wollte sie mir nur irgendetwas Nettes sagen. Dass wir Freundinnen sein könnten oder so.

»Die Mülltonne wartet auf dich, dreckig und stinkig«, zischte sie mir ins Ohr.

Ich spürte, wie meine Knie weich wurden. Keine Ahnung, was mich noch auf den Beinen hielt. Oh Gott, ich musste unbedingt mit jemandem sprechen, jetzt sofort, bevor ich vollends austickte. Ich zitterte am ganzen Körper. Spürte das Monster neben mir aufragen. Und das, obwohl ich nicht mal in meinem Bett lag!

Ich rannte zur Mädchentoilette und schloss mich in einer Kabine ein.

»Ich werde hier noch wahnsinnig!«, flüsterte ich. »Ich bin kurz vorm Durchdrehen. Bitte, ich brauche dich.«

Und schwups war er da. Von Kopf bis Fuß in Schutzkleidung gehüllt, als würde er in einem Atomkraftwerk arbeiten. Etwas übertrieben, fand ich. Okay, die Klos sahen übel aus, aber sooo schlimm nun auch wieder nicht.

»Toiletten sind nicht gerade mein Lieblingstreffpunkt, muss ich sagen.«

»Entschuldige, aber das ist ein absoluter Notfall. Joanne droht mir mal wieder mit der Mülltonne. Was soll ich bloß machen? Die jagt mir solche Angst ein, das schafft nicht mal das Ungeheuer unter meinem Bett …«

Wie auf Knopfdruck enterte die Bestie den geheimnisvollen, schattenhaften Randbereich meines Hirns und schnaubte mich wütend an. Aber es stimmte. Das Biest war harmlos gegen Joanne. Das reinste Kuscheltier.

»Mist, wir haben gar keine *Zap Gun*«, stellte mein Traumvater fest. »Aber wir könnten sie in die Luft sprengen. Pulverisieren.«

Ich blickte ihn ungehalten an. »Mensch, ich mein's ernst.«

»Ich auch!«

»Hast du keinen Plan B?«, fragte ich.

»Nein, denn sie auszuradieren ist ein genialer Plan A. Möchtest du einen Ratschlag? Hab keine Angst. Sei stark und beiß dich durch. Das wird schon.«

Im Grunde hatte er mal wieder Recht. Sich in einer Toilettenkabine zu verkriechen war kein sehr samuraiwürdiges Verhalten.

»So, und jetzt lass uns abdüsen«, sagte er. »Ich hasse Klos. Zum Glück bin ich ja ein reines Hirngespinst von dir und muss nie eines benutzen. Deshalb, verdammte Elchkacke, möchte ich hier auch nicht unnötig rumstehen.«

Den Rest des Tages rannte ich umher wie ein gehetztes Tier. Ich wusste genau, wie gehetzte Tiere aussehen, ich kannte den Anblick aus den BBC-Tierdokumentationen, in denen die Verfolger wahlweise Löwen oder Adler waren. Normalerweise fiebert man ja mit dem Löwen mit. Wenn der die Gazelle nach stundenlangem Anpirschen und einer Wahnsinnsverfolgungsjagd endlich in die Klauen bekommt, möchte man am liebsten applaudieren, so wie Mum und Nonna es tun, wenn Italien ein WM-Tor schießt. Wow! Treffer! An die arme Gazelle, die sich die Lunge aus dem Leib rennt, nur um am Ende lebendig gefressen zu werden, denkt niemand.

Jetzt wusste ich, wie sich Beutetiere fühlten. Die Ärmsten. Alle naselang ein nervöser Blick über die Schulter, ein Leben in ständiger Angst! Wahrlich kein schönes Dasein, das kann ich euch sagen.

Und dann, nach Schulschluss, als ich gerade nach Hause gehen wollte, sah ich Luis. Den Schließfachjungen.

»Na, wie geht's?«, fragte er. »Hattest du heute schon deinen schlechten Tag?«

»Kann man so sagen, ja. Jeder Tag läuft ein bisschen schlechter als der davor.«

Seine Lippen verzogen sich zu einem Lächeln und sein Blick verschmolz für eine Sekunde mit meinem. Was für nette braune Augen er hatte! Ich glaube, er fühlte meinen Schmerz. Ich glaube, er erkannte das gehetzte Tier in mir und empfand Mitleid. »Mir gefällt's hier auch nicht sonderlich«, sagte er, schnappte sich eine kleinformatige Zeichenmappe, die an der Wand lehnte, und stiefelte los.

Ich kippte fast aus den Latschen.

Er hatte eine Zeichenmappe!

Er stand auf Kunst, genau wie ich!

Ich konnte es nicht fassen – und an nichts anderes mehr denken.

Beim Ausmisten der Katzenklos und während des gesamten Karate-Trainings beschäftigte mich nur eine Frage: Was war in der Zeichenmappe? Mit Müh und Not konzentrierte ich mich auf die Kata-Übungen, aber als der Trainer seinen wabbeligen Schaumstoff-Baseballschläger hervorholte, schweiften meine Gedanken sofort wieder ab. Na, zumindest kreisten sie zur Abwechslung mal nicht um Joanne Pyke.

Ob der Schließfachjunge auch am Kunstwettbewerb teilgenommen hatte? Vielleicht war er ja *molto* talentiert und mein Bild im Vergleich zu seinem der reinste Babykram? Vielleicht hatte er etwas total Witziges, Schrilles, Hockneymäßiges gemalt? Plötzlich begann ich ernsthaft darüber nachzugrübeln, was ich statt meiner mehrschichtigen, zugekritzelten Collage noch alles hätte entwerfen können. Welche farbenfrohen, gut gelaunten Alternativen es gegeben hätte.

Verdammt, was trug er in seiner Zeichenmappe herum?

Würde ich das je erfahren?

BOING! WUMM! KRACH!

»Amber!« Mein Karate-Trainer stand über mir, ich lag auf dem Boden. »Du konzentrierst dich nicht!«

Natürlich nicht. Selbst Konzentrationskünstler wie Samurais träumten manchmal mit offenen Augen.

Fünfundzwanzig – Venticinque – Ni jū go

Zu Hause drückte mir Bella mal wieder einen Brief in die Hand.

»Ich glaube, das reicht erst mal, Bella«, sagte ich. »Du solltest Dad die Chance geben, sich daran zu gewöhnen, dass du ihm schreibst. Und ihn nicht mit Briefen … na ja … bombardieren.«

»Er mag das, hab ich dir doch gesagt. Und überhaupt: Der hier ist superwichtig.«

Oh Gott, jetzt wurde es langsam absurd. Ich musste was unternehmen. Bei dem ganzen Kunstwettbewerb-und-Joanne-Pyke-Stress hatte ich das Briefproblem wohl ein bisschen verdrängt.

Kaum hatte ich meine Zimmertür hinter mir geschlossen, öffnete ich den Umschlag.

Liber Dad,

ich konte heute morgen einfach keine zwei gleichen Soken finden. Deshalb brauchen wir dich hier.

Küschen von Bella

Socken, na toll! Die waren also »superwichtig«.

Andererseits: Vielleicht lag Bella gar nicht so falsch. Wir brauchten unseren Vater nicht nur für die großen Angelegenheiten – dafür, dass er uns Sachen kaufte, uns ausführte oder uns Ratschläge gab. Nein, wir brauchten ihn auch für all die winzig kleinen Alltagsdinge.

Also verfasste ich umgehend einen Antwortbrief und versteckte ihn in meiner Schublade, um ihn Bella in zwei oder drei Tagen zu geben.

Liebe Bella,

bitte Mum, Dir mit den Socken zu helfen. Ich kann wegen so etwas nicht extra zurückkommen. Wie Du weißt, muss ich gerade die Welt retten. Kauft Eure Socken doch einfach in derselben Farbe – dann hast Du keine Probleme mehr, ein passendes Paar zu finden.

Ich drück Dich.
Dad

Bella machte sich nicht mal mehr die Mühe, die Antwort abzuwarten. Noch am selben Abend stand sie wieder vor mir und nestelte einen weiteren Brief unter ihrem T-Shirt hervor. Hilfe! Ich hatte den anderen noch nicht mal in einen Umschlag gesteckt.

Seufzend zog ich mich in mein Zimmer zurück und las. Himmel, was jetzt?

Liber Dad,

wenn ich in den Schulkor gehe, komst du dann unt hörst mir beim singen zu? Ich wil das du komst, sonst macht ales kein Spas. Und bringst du mir bei wie man aus Spilkarten ein richtig hohn Turm baut? Meine Türme kipen imma um unt deshalb brauch ich deine hilfe.

Küschen von Bella

Oh, Mann, meine Schwester war so was von verrückt!

Nach der wilden Zeichenorgie in der Nacht zuvor hatte ich das Gefühl, keinen Stift mehr halten zu können. Deshalb saß ich einfach nur da, starrte Löcher in die Luft und dachte über Bellas Briefe nach. Es wurde allerhöchste Zeit, dass ich das Problem in den Griff bekam – wie auch immer. Und plötzlich fiel mir die Lösung ein. Sie war verblüffend simpel!

Ich würde einfach nicht mehr zurückschreiben. Denn letztlich waren es ja meine Antworten, die die Sache immer weiter anheizten.

Mir war klar, dass es Bella fix und fertig machen würde, wenn sie keine Post mehr bekäme, aber was sollte ich machen? Sie ließ mir keine andere Wahl.

Nachdem ich mit meinen Hausaufgaben fertig war, zog ich mich aus und putzte mir die Zähne. Dann lag ich einfach nur da und grübelte über Dad nach. Ich war echt sauer auf ihn, weil er Bella das antat. Das schwarze Loch in mir fing an zu rotieren, dunkel und lautlos, und ich versuchte tief ein- und auszuatmen, damit es mir nicht sämtliche Luft aus der Lunge saugte.

Keine Ahnung, wie lange ich so dalag, jedenfalls kam Mum irgendwann rein, um Wäsche wegzusortieren. Es war vollkommen still in der Wohnung. Bella schlief wahrscheinlich schon. Ich muss wohl auch ziemlich still und düster ausgesehen haben, denn Mum fragte, was mit mir los sei.

Ich zuckte die Achseln. »Nichts.«

»Aha, und warum kommt dann Dampf aus deinen Ohren?«

Ich hievte mich hoch und schaute in den Spiegel. Meine Stirn war ein einziger Knoten und meine Zähne waren gefletscht wie bei einem tollwütigen Hund, aber Dampf konnte ich beim besten Willen nirgends sehen.

»Das ist eine Redensart, Amber. Nun sag schon, was ist los?«

Ich blieb noch eine Weile vor dem Spiegel stehen. Ich wollte sehen, ob man Dad in meinem Gesicht erkennen konnte. Wenn ja, wollte ich auf der Stelle ein neues. Aber vielleicht waren es ja auch gar nicht die Gesichtszüge, die er mir vererbt hatte, sondern eher … was weiß ich … Wurstfinger und ein behaarter Rücken. Na toll. Oder ich hatte etwas geerbt, das man gar nicht sehen konnte: ein Genie-Gen oder so. Dann würde ich später Formel-1-Weltmeisterin oder Computertüftlerin werden. Oder ich hatte den Hang zu egoistischen, bescheuerten Ideen von ihm und würde meine eigenen Kinder eines Tages ebenfalls sitzenlassen.

Himmel, nein, alles, bloß das nicht.

Ich hockte mich auf die Bettkante und fragte mich zum millionsten Mal, ob Dad auch nur im Entferntesten ahnte, was für ein Chaos er hinterlassen hatte.

»Amber? Was ist los?«, wiederholte Mum.

Ich starrte mein Spiegelbild an und murmelte: »Warum ist er weggegangen?«

Mum wusste offenbar sofort, wen ich meinte.

»Oh, das beschäftigt dich also«, sagte sie.

Sie unterbrach das Wäschesortieren, schloss die Schranktür und setzte sich auf den Fußboden, den Rücken gegen den Schrank gelehnt. Durch die Wand konnte man einen aufbrandenden Zuschauerapplaus aus Mr Venables' Fernseher hören. Mum hatte ihren Kopf in den Nacken gelegt. Ihre gesamte Aufmerksamkeit war einem Strumpf gewidmet, den sie um das Handgelenk wickelte und wie das Fell eines Haustieres streichelte. Eine Bewegung in Endlosschleife. Dann seufzte sie so tief, dass sich ihr ganzer Körper erst anhob und dann senkte.

»Es hatte nichts mit euch zu tun, Amber. Er hat nicht euch verlassen.«

»Natürlich hat er das.«

»Okay, in gewisser Weise hat er das schon, aber ihr wart nicht der Grund dafür. Ihr habt nichts, aber auch gar nichts falsch gemacht. Ich hab's dir ja schon gesagt: Er hat euch geliebt. Von ganzem Herzen. Und ich bin mir sicher, dass er das immer noch tut.«

Da ich nicht wollte, dass Mum die Tränen in meinen Augen sah, wandte ich den Kopf ab. Ich begriff es einfach nicht. Das alles ergab so überhaupt keinen Sinn!

Aber ich sagte Mum nicht, was ich darüber dachte. Dass er mich wohl kaum geliebt haben konnte, wenn er einfach so abgehauen war. Dass er vielleicht noch bei uns wohnen würde, wenn ich ein Junge wäre oder ein tolleres Kind – zum Beispiel ein Mathegenie oder eine begabte Klavierspielerin. Dann wäre er vielleicht stolz gewesen und hätte sich nicht losreißen können. Oder hätte mich zumindest mitgenommen.

»Jemanden, den man liebt, verlässt man nicht«, stieß ich schließlich hervor.

In meinem Zimmer war es so still, dass ich Mums Atem hören konnte. Es war einer dieser Momente, in denen die Gedanken wie eine dicke Bettdecke auf einem draufliegen und einen runterdrücken. Selbst die Luft schien tonnenschwer zu sein und ich fragte mich, ob sich so ein Vakuum anfühlte oder ob ein Vakuum im Gegenteil federleicht war.

»Das Leben ist komplizierter, als du denkst«, sagte Mum nach einer Weile. »Nichts ist einfach nur schwarz und weiß.«

»Was meinst du damit?« Jetzt wandte ich mich ihr doch zu.

»Wenn du älter bist, wirst du das verstehen. Als Kind ist es manchmal schwer, die Gedanken von Erwachsenen nachzuvollziehen. Selbst als Erwachsener ist das oft nicht leicht. Das Leben ist einfach sehr unübersichtlich und verworren und der Mensch ist ein merkwürdiges Wesen, Amber. Nicht weniger verworren als das Leben selbst.«

Ich schwieg eine Weile. Aber dann platzte es aus mir heraus: »Na, besonders toll kann er nicht gewesen sein. Jemand Tolles hätte so was nicht gemacht.«

Mum lutschte nachdenklich an ihren Zähnen herum. Ich bin mir sicher, dass sie ihn in diesem Moment am liebsten erwürgt hätte. Jetzt musste sie uns alleine großziehen, ohne jegliche Unterstützung. Sie hatte niemanden, mit dem sie sich die ganzen Rechnungen teilen konnte, die uns ins Haus flatterten. Und niemanden, der einen kaputten Wasserhahn für sie reparierte. Niemanden, der ihr half zu beurteilen, ob Bella wirklich so krank war, dass sie nicht zur Schule gehen konnte, oder ob sie einfach nur eine Show abzog. Jede einzelne Entscheidung musste Mum alleine treffen. Jeden Tag musste sie für uns da sein, von morgens bis abends. Jeden Tag musste sie schuften und schuften – und hatte doch nie genug Geld.

Sie hätte den Augenblick nutzen können, um mir Dads negative Seiten aufzuzählen. Ich ahnte, dass sie eine lange Liste davon im Kopf hatte. Aber das tat sie nicht.

Und ich war froh darüber, denn ich hätte das gerade nicht hören wollen. Ich wollte einen Moment lang glauben, dass er der perfekte Vater war – trotz allem, was ich gerade gesagt hatte. Ich wollte glauben, dass es nicht seine Entscheidung gewesen war, uns zu verlassen, sondern dass die chaotische Welt ihn dazu gezwungen hatte, gegen seinen Willen. Dass er schreiend von uns fortgerissen worden war, mit wild rudernden Armen, die blanke Verzweiflung in den Augen. An so etwas Dramatisches wollte ich glauben. Alles andere ging mir nicht in den Kopf.

»Niemand ist perfekt«, sagte Mum. »Wenn du älter bist, wirst du verstehen, dass man im Leben laufend vor irgendwelche Entscheidungen gestellt wird. Dein Dad hat seine Entscheidung getroffen und jetzt muss er damit leben.«

Darüber musste ich erst mal nachdenken.

»Mit was für einer Entscheidung muss er leben?«, fragte ich nach einer Weile.

Mum schwieg. Irgendwo in der Ferne heulte ein Martinshorn auf.

»Etwas ausgeschlagen zu haben.«

»Was denn?«

»Das größte Geschenk von allen. Das Beste, was es gibt.«

Ich hatte das Gefühl, zu wissen, was sie meinte, aber ich fragte trotzdem: »Und? Was ist das?«

»Du.«

Nie zuvor in meinem Leben hatte ich mich als Geschenk gesehen. »Ich? Nur ich? Oder auch Bella?«

»Bella natürlich auch. Ich meine Geschenke. Mehrzahl.«

»Aber wir werden doch manchmal krank und dann musst du jemanden finden, der nach uns sieht, damit du zur Arbeit kannst. Und wir wachsen andauernd aus unseren Schuhen heraus. Und wir treiben dich in den Wahnsinn. Und wir hindern dich daran, Dinge zu tun, die du gern tun würdest.«

Mum lächelte. »Jetzt übertreib mal nicht, Schätzchen. Ihr zwei seid das Beste, was mir in meinem ganzen Leben passiert ist. Ich habe ein Riesenglück, und weißt du, warum? Weil ich meine Zeit mit euch verbringen darf, Tag für Tag. Weil ich zusehen darf, wie ihr heranwachst, wie ihr zu den großartigsten Menschen überhaupt werdet. Eurem Dad hingegen entgeht all das.

Aber das war und ist seine Entscheidung. Und das ist der große Verlust, mit dem er leben muss.«

Jetzt fühlte sich die Luft noch schwerer an und das schwarze Loch wirbelte unbeirrt weiter.

»Mum?«, fragte ich nach einer Weile.

»Hm?«

»Meinst du, das sollte ihm mal jemand sagen? Weil, wenn er erst mal merkt, was er alles verpasst, dann kommt er vielleicht zurück.«

Mum presste sich die Finger auf die Augenwinkel. Ich glaube, sie versuchte ihre Tränen zurückzuhalten. Aus Rücksicht auf mich. Sie räusperte sich und sagte dann leise: »Das bezweifle ich, denn er wusste genau, was er aufgab. Dabei braucht ihr zwei ihn so dringend.«

Ich spürte, wie mein Gesicht brannte.

Mum stand auf und streichelte mir über den Kopf. Dann wünschte sie mir Gute Nacht und verließ mein Zimmer. Ich hörte ihre traurig schlurfenden Schritte noch eine Weile im Flur.

Von meinem ausgedachten Dad habe ich ihr nichts erzählt. Kaum war Mum draußen, saß er am Fußende meines Bettes. Diesmal war er weder ein Sumo-Ringer noch ein Samurai, sondern ein netter alter Doktor mit weißem Kittel und Brille auf der Nase.

Ich schaute an die Decke und biss mir auf die Lippe.

»Es ist keine Schande zu weinen«, sagte er. »Im Gegenteil: Man muss all die alten Tränen irgendwann loswerden, sonst kriegt man chronische Glibberitis. Da werden die Tränen vom ständigen Zurückhalten ganz glibberig. Und wenn man dann nicht aufpasst, stirbt man am Ende an Tränenvergiftung. Das ist die schmerzvollste Todesart, die man sich vorstellen kann, glaub mir. Also: Besser, du lässt deine Tränen fließen, damit dein Körper regelmäßig neue, frische, flüssige produzieren kann.«

Ich sah ihn an und hob zweifelnd die Augenbrauen.

»Glaub mir, ich bin Arzt. Ich habe solche Fälle schon gesehen. Guck ruhig im Internet nach, was Google zu Glibberitis ausspuckt.«

Ich wäre glatt aufgestanden und zum Computer gegangen, aber Mum wollte, dass ich schlief. Also ließ ich meinen Tränen freien Lauf. Einfach nur, damit es in meinen Augen nicht glibberig wurde, versteht ihr? Das Letzte, was ich bei all dem Stress jetzt noch brauchte, war eine Tränenvergiftung.

Sechsundzwanzig – Ventisei – Ni jū roku

An diesem Abend beobachtete ich, wie der Zeiger meines Weckers seine Runden drehte, eine nach der anderen … bis ich irgendwann das Licht löschte.

Ich versuchte an etwas Schönes zu denken, aber es gelang mir einfach nicht, das Herumwirbeln des schwarzen Lochs abzustellen. Natürlich ließen die finsteren Gedanken da nicht lange auf sich warten, sie gärten und wimmelten nur so in der schmutzigen Dunkelheit. Und prompt kam auch das Ungeheuer unter meinem Bett hervor, baute sich hoch über mir auf und bahnte sich einen Weg in meine Gedanken – bis es schließlich komplett die Kontrolle übernahm und düstere, grausige Vorstellungen in Endlosschleife erzeugte:

Ich war winzig klein und besaß ein Schrotthandy.

Ich hatte Angst vor Joanne Pyke und jedem Schulmülleimer, an dem ich vorbeikam.

Dad hatte uns verlassen, weil ich ihm nicht gut genug war, und er hatte keinen Grund zurückzukommen, weil alles in seinem jetzigen Leben spannender war als ich.

Er würde niemals wiederkommen und ich würde niemals mehr Zeit mit ihm verbringen. Nie. Ich war ihm auf immer und ewig egal.

Mein Bild für den Zeichenwettbewerb war grottenschlecht und jeder in der Schule, der es zu Gesicht bekäme, würde sich schlapplachen. Und am Ende würden sie ALLE versuchen mich in die Mülltonne zu stopfen, sogar die Lehrer.

So lag ich eine ganze Weile da. Nur meine Nase schaute unter der Decke hervor.

Vielleicht sollte ich einfach für immer im Bett bleiben? Wie dieser französische Schriftsteller, von dem Mum mal erzählt hatte. Der war offenbar die letzten vierzehn Jahre seines Lebens nicht mehr aus seinem Bett hervorgekommen. Zeichnen könnte ich sehr gut im Liegen. Eigentlich könnte ich alles im Liegen machen, außer vielleicht essen und aufs Klo gehen.

Mit dem Ungeheuer in meinem Kopf war einfach alles Furcht einflößend und unüberwindbar. Zu schwierig, um damit zurechtzukommen.

Gerade als mir das klar wurde, tauchte mein Traumvater neben meinem Bett auf. Er trug ein schwarz-weiß gestreiftes Oberteil und einen schwarzen Kapuzenpullover, genau das gleiche Modell, das ich auch hatte.

»Hey«, flüsterte ich, »das sind meine Klamotten.«

»Pst.« Er hielt mein Katana-Schwert in den Händen.

»Was machst du da?«

»Du musst das Ungeheuer töten.«

»Ich? Bist du verrückt? Das ist riesig und megagefährlich. Das wird *mich* töten.«

»Du kommst jetzt aus deinem Kissenberg hervor, Samurai, und schlägst dem Vieh seinen fetten, hässlichen Kopf ab.«

Ich konnte die Hörner des Monsters im Halbdunkel schimmern sehen. Und ich hörte es schnauben.

»Aber es hasst mich. Es übernimmt die Kontrolle über mein Gehirn und flüstert mir schlechte Gedanken ein«, murmelte ich.

»Niemand kann dir schlechte Gedanken einflüstern, wenn du es nicht zulässt.«

Oh, das musste ich erst mal verdauen. Ich schwieg einen Moment.

Ja, er hatte mal wieder Recht.

Ich *selbst* ließ zu, dass das Monster sein Unwesen in meinem Inneren trieb. Und das war nun wirklich das Letzte, was ich brauchte.

Ein freundliches Monster hingegen stellte ich mir großartig vor – ein großes, grünes, flauschiges Wesen, das unter meinem Bett lag und mich mit positiven Gedanken versorgte. Sofort malte ich mir so ein Wuscheltier aus – bis ich merkte, dass es wie eine grüne, flauschige Version von Mum aussah.

Nein, Schluss jetzt, ich hatte die Nase gestrichen voll. Ich würde mir von der Bestie nichts mehr einreden lassen.

Ich würde sie umlegen!

Wild entschlossen schoss ich unter meiner Decke hervor, schnappte mir das Katana und sprang aufs Bett. Ich sah bestimmt wahnsinnig furchterregend aus in meinem Bart-Simpson-Pyjama.

Komisch, ich verspürte plötzlich unbändige Kräfte in mir. Und war mir auf einmal völlig sicher, dass ich mich nie wieder klein und ohnmächtig fühlen würde, wenn ich es nicht wollte!

»Monster der Finsternis, das unter meinem Bett und in den dunklen Winkeln meines Geistes haust«, brüllte ich in meiner feierlichsten, angsteinflößendsten Stimme. »Deine Zeit ist abgelaufen!«

Das Monster schnaubte wütend. Es war einfach gigantisch groß. Mit ultratiefer Stimme dröhnte es: »Und du glaubst, du kannst eine Bestie wie mich so einfach erlegen? Du kannst mich ja nicht mal zeichnen!«

Das gab den Ausschlag. So unverschämt hatte noch niemand mit mir geredet!

Ich schwang das Schwert über meinem Kopf.

Die Bestie brüllte und ging auf mich los. Fast hätte ich mich umgedreht und wäre schreiend geflüchtet, doch dann hielt ich einfach den Atem an, zielte und ließ das Schwert durch die Luft sausen. Mit gewaltigem Schwung versenkte ich es in der Brust des Ungeheuers. Ein jähes, ohrenbetäubendes Aufheulen, aber ich zog die Klinge nur ungerührt heraus, holte beidhändig aus und stach erneut zu. Dabei brüllte ich: »Ich kann ALLES zeichnen. Ich bin die größte Künstlerin überhaupt!« Und dann schlug ich dem Monster, zack, den Kopf ab. Der fiel mit einem Riesengetöse zu Boden.

Die Stille im Zimmer und in meinem Kopf war unfassbar.

Ein paar Sekunden verstrichen, dann wallte eine ungestüme Freude in mir auf.

»Yes!«, schrie ich und hüpfte wie besessen auf meinem Bett herum. Ich hatte ein Monster erledigt! Eigenhändig! Ein für alle Mal!

Schlagartig erschien mir alles viel klarer.

Ich wusste jetzt, wie ich das Problem mit Bellas Briefen angehen musste. Außerdem beschloss ich mir ein Herz zu fassen und den Schließfachjungen anzusprechen, denn wenn es an der Schule jemanden gab, der mich verstehen würde, dann ja wohl er. Na ja, und ich wollte natürlich auch unbedingt wissen, was sich in seiner Zeichenmappe verbarg.

Zuletzt beschloss ich mich wegen des Kunstwettbewerbs nicht länger verrückt zu machen. Wen interessierte der schon?

Es war der helle Wahnsinn: Jetzt, wo das Ungeheuer tot war, rückten auf einmal alle Maßstäbe wieder zurecht.

Da steckte plötzlich meine Mutter ihr müdes Gesicht durch den Türspalt. Komisch, ich war mir ziemlich sicher, dass der größte Lärm (meine Schreie und das Gebrüll des Monsters) nur in meinem Kopf stattgefunden hatte. Tja, aber das Gehopse auf dem Bett war echt gewesen – und anscheinend ziemlich laut.

»Amber? Was hüpfst du um halb elf noch auf deinem Bett herum?«

»Alles paletti, Mum, echt. Du wirst sehen: Alles wird gut.«

Siebenundzwanzig – Ventisette – Ni jū shichi

Am nächsten Morgen, ich war schon auf dem Sprung zur Schule, sah ich, wie Bella die Post durchstöberte.

»Hast du gesehen, ob was für mich dabei war?«, fragte sie, als ich an ihr vorbeiging.

»Nö.«

Sie zog eine Grimasse und dampfte ab.

Sehr gut.

Ich schnappte mir meine Tasche und machte mich in Hochstimmung auf den Weg. Okay, ein winziges bisschen Angst mischte sich hinein, aber das Triumphgefühl überwog eindeutig. Im Bus plauderte ich mit Chloe, Eva und Millie, obwohl ich ihnen keine coolen Sachen auf meinem Handy vorführen konnte. Dafür zeigten sie mir umso mehr – und diesmal fühlte ich mich überhaupt nicht steinzeitmäßig.

Ich klammerte mich einfach an dem Gedanken fest, dass ich Mitglied einer furchtlosen, unverwundbaren Kriegerkaste war – egal ob das nun stimmte oder nicht.

Vom Unterricht bekam ich an diesem Vormittag so gut wie gar nichts mit. Stattdessen dachte ich daran, wie ich das Ungeheuer erledigt hatte und was für ein tolles Gefühl es gewesen war, ihm den Schädel abzuschlagen. Zum Glück fragte mich niemand, was mir gerade durch den Kopf ging: Man hätte mich garantiert für eine durchgeknallte Psychopathin gehalten.

Als es endlich läutete und wir in die Pause strömten, fiel mir auf, dass überall in den Fluren aufgeregt getuschelt wurde: Ah, wahrscheinlich stand der Sieger des Kunstwettbewerbs fest. Na, mir konnte es egal sein, ich blieb cool und entspannt. Obwohl: Irgendwie wollte ich doch wissen, wer gewonnen hatte.

Also ging ich hinüber zum Kunsttrakt. Um das Anschlagbrett hatte sich eine Traube von Schülern versammelt.

»Und? Wer ist auf Platz eins?«, tönte es von allen Seiten.

»Was meinst du damit, er ist nur Dritter geworden?«

»Welches ist denn nun das Gewinnerbild?«

»Das ist total krank! Guck dir das an!«

Es war ein einziges Gedränge und Geschubse, aber da ich so klein war, konnte ich einfach zwischen den anderen hindurchschlüpfen.

Am Anschlagbrett hing ein großes Plakat:

Spit-Hill-Kunstwettbewerb

Das Ergebnis der Jury:

Gewinnerin: Amber Miyamoto (7 H) mit dem Bild »Krieger«
2. Platz: Max Tropp (11 B) mit dem Bild »Die Zukunft«
3. Platz: Jamie Bright (9 O) mit dem Bild »Claire«
Besondere Auszeichnung: Joanne Pyke (10 A) mit dem Bild »Rache«

Mrs Fulton und der Fachbereich Kunst gratulieren den Gewinnern und danken allen Teilnehmern für ihre tollen Beiträge! Das Niveau der eingereichten Werke war dieses Jahr besonders hoch, weshalb die Entscheidung der Jury entsprechend schwierig war.

Mit offenem Mund glotzte ich das Plakat an.

Ich?

Siegerin?

»Amber Miyamoto?«, sagte ein Mädchen hinter mir. »Wer ist das? Klingt japanisch oder so.«

»Bright ist nur Dritter?«, fragte jemand vor mir. »Und was ist mit Max Tropp? Ich hätte schwören können, dass der gewinnt.«

Dann hörte man von irgendwoher ein aufgeregtes Kreischen. »Boah, krass, schau dir das an! Was für ein krankes Bild! Soll das ein japanischer Superheld sein oder so was? Das ist echt düster!«

Und dann sah ich es. Unsere Bilder waren an die benachbarte Anschlagtafel gepinnt. Meins hing in der Mitte, mit einem »1. Platz«-Schildchen oben drüber.

Ich war völlig unfähig mich zu rühren und brachte kein Wort raus. Noch nie im Leben hatte ich mich so überwältigt gefühlt.

Das Bild von Max Tropp war eine großartige Kohlezeichnung eines Hightech-Roboters. Der absolute Hammer. Und Jamie Bright hatte ein Mädchen gemalt, das mit gesenktem Kopf an einem Tisch saß. Selbst Joannes Bild hing da. Es war in demselben gruseligen Stil gemalt wie das, das sie an mein Schließfach geklebt hatte. Einfach nur finster und aggressiv, ein Strudel aus Furcht einflößenden Fratzen und in der Mitte ein gequältes Gesicht mit angstvoll aufgerissenem Mund, wie dieses berühmte »Schrei«-Gemälde von Edvard Munch. Aber insgesamt war es nicht schlecht, das musste ich zugeben.

»Glaubst du, dass diese Amber Dingsbums das wirklich selbst gemalt hat?«, fragte ein Junge neben mir seinen Freund. »Die ist doch erst in der Siebten.«

»Du meinst, dass sie einfach einen Profimaler oder so engagiert hat? Ja, kann sein.«

Ich war wie benebelt.

Irgendwann läutete es zur nächsten Stunde und der Pulk löste sich in alle Richtungen auf. Nur ich blieb wie ein hirnloser Zombie stehen und starrte mein Bild an – bis plötzlich Miss Figgis den Flur entlanggerauscht kam.

»Amber! Da bist du ja!«

Sie stürzte auf mich zu und umarmte mich überschwänglich, was Lehrern, glaube ich, gar nicht erlaubt ist. Vielleicht ist es sogar gesetzlich verboten, keine Ahnung.

»Gratuliere, Amber! Dein Bild ist großartig! Und im Übrigen habe ich umwerfende Neuigkeiten für dich. Mrs Gaston will mit dir sprechen. Weißt du, wer das ist?«

»Äh … ja … ist das nicht die Frau, die in der Jury saß?«

»Absolut. Und darüber hinaus ist sie die berühmte Kinderbuchautorin und Illustratorin. Sie hat *Phineas Quinn* geschrieben, was sich, wie du wahrscheinlich weißt, millionenfach verkauft hat.«

»Äh … ja. *Phineas Quinn* ist ziemlich cool.«

»Amber, *sie* findet *dich* ziemlich cool. Sie lässt fragen, ob du ihr neues Buch illustrieren möchtest. Soll nächstes Jahr erscheinen.«

»Ich?«

»Du! Und außerdem wollte ich dir sagen, dass deine Zeichnung mit Abstand der herausragendste Beitrag ist, der je zu diesem Wettbewerb eingereicht wurde. Da sind wir alle einer Meinung. Du bist wirklich außergewöhnlich talentiert, Amber. Ich bin mir sicher, dass eine große Zukunft vor dir liegt.«

Ich hatte plötzlich einen Riesenkloß im Hals, als hätte jemand einen Haufen Socken hineingestopft, und meine Augen brannten vor Fassungslosigkeit und Überwältigung.

»Danke … Miss Figgis«, stammelte ich, immer noch schwer mit dem Sockenkloß kämpfend. Ich wollte mich gerade umdrehen und gehen, als mir noch etwas einfiel. »Kann ich Sie etwas fragen?«

»Aber natürlich.«

»Was hat es mit dieser *besonderen Auszeichnung* auf sich?«

»Die gibt's für Joannes sehr außergewöhnliches Werk *Rache*, eine Art postmodernes Punk-Potpourri. Extrem emotional und voller Existenzangst, was uns sehr gut gefallen hat. Deshalb haben wir es gesondert hervorgehoben.«

Ich schauderte. Ich konnte nur hoffen, dass das Gesicht auf Joannes Bild nicht meins sein sollte – und dass ich eines Tages mit Joanne vielleicht über Kunst reden könnte, statt über Mülltonnen. Na, immerhin wusste ich jetzt, dass wir etwas gemeinsam hatten.

Und dann läutete es zum zweiten Mal und ich musste mich wirklich beeilen.

Achtundzwanzig – Ventotto – Ni jū hachi

An das, was in der Stunde darauf passierte, kann ich mich beim besten Willen nicht mehr erinnern. Ich befand mich in einer einzigen Traumblase.

Die Juroren hatten mein Bild nicht in die Tonne getreten.

Ich hatte den Wettbewerb gewonnen.

J. K. Gaston wollte, dass ich ihren neuen Roman illustrierte.

Und meine Mitschüler hielten mein Bild für das Werk einer Geistesgestörten – was an dieser bescheuerten Schule nur ein gutes Zeichen sein konnte.

Zwar bekam ich ganz weiche Knie bei dem Gedanken, dass mein Bild am Schwarzen Brett ausgestellt war. Und noch weichere Knie bekam ich, wenn ich daran dachte, was Joanne Pyke gemalt hatte. Aber trotzdem: Ich war wohl noch nie in meinem Leben so selig gewesen.

In der nächsten Pause schien auch der Letzte mitgekriegt zu haben, wer Amber Miyamoto war. Die Schüler scharten sich auf dem Flur um mich und fragten immer wieder, ob ich das Bild wirklich selbst gemalt hatte. Ein Mädchen bat mich, die Einladungskarten für ihre Geburtstagsfeier zu gestalten.

»Du machst wohl Witze«, antwortete jemand aus der Menge.

»Amber ist ein Profi. Die ist viel zu teuer. Das kannst du dir gar nicht leisten.«

»Wie kommt es, dass du noch nicht berühmt bist?«

»Wie kann jemand in deinem Alter so gut zeichnen?«

Und dann kam auf dem Weg zum Französischraum noch ein riesengroßer Kerl auf mich zu. Neben mir wirkte er wie ein Doppeldeckerbus in Schuluniform und einen kurzen, schrecklichen Augenblick lang dachte ich, er wäre so eine Art Joanne Pyke im Jungs-Format.

Aber er streckte ganz freundlich seine Hand aus. Ich schüttelte sie, einfach weil man gar nicht auf die Idee kam, einem Typen wie ihm irgendetwas auszuschlagen.

»Nicht schlecht«, sagte er mit einem Grinsen. »Ich bin Max Tropp. Echt cool, dein Bild.«

»Findest du?«, antwortete ich, *molto* erleichtert. »Danke. Deins ist aber auch genial.«

»Wieso bist du nicht im Kunst-Klub?«, fragte er.

Es war nicht einfach, ihn beim Sprechen anzusehen, weil ich meinen Kopf dazu ganz weit zurücklegen musste und schon fast Nackensteife bekam.

»Kunst-Klub?«

»Ja. Immer mittwochs nach der Schule. Aber wir hängen auch oft in den Mittagspausen zusammen rum.«

»Oh, ich hatte keine Ahnung, dass es so was hier gibt.«

»Ich hatte extra ein Plakat angebracht, aber das lag irgendwann zerknüllt auf einem Fensterbrett. Jemand hatte irgendwas mit Mr Batty draufgekritzelt. Könnte Joanne gewesen sein, wenn ich jetzt drüber nachdenke. Sah verdammt nach ihrem Zeichenstil aus. Na egal, ich hab's geglättet und wieder aufgehängt, aber vielleicht hast du's nicht gesehen.«

Ich lächelte. »Ich glaube, mir ist nur die Rückseite aufgefallen.«

»Na, dann komm doch einfach heute«, schlug er vor. »Zum Mittagessen. Als unser Ehrengast.«

Mich hätte natürlich brennend interessiert, ob ich dort wohl auch den Schließfachjungen treffen würde, aber ich verkniff mir die Frage.

»Okay, mach ich.«

»Na dann, bis später«, sagte er, grinste noch einmal und stiefelte davon.

Als er weg war, fragte ich mich, ob Joanne wohl auch zu diesem Kunst-Klub ging. In dem Fall sollte ich wohl besser einen großen Bogen darum machen.

Aber als es zur Mittagspause läutete, zog es mich magisch in den Kunsttrakt – Joanne hin oder her. Ich wollte einfach wissen, was es mit diesem Klub auf sich hatte. Durch die Glastür sah ich Max und ein paar andere um einen großen Tisch herum sitzen, Brote essen und quatschen. Es wirkte sehr entspannt. Also drückte ich die Tür auf.

Der Tisch war komplett bedeckt mit Zeichenpapier, Bleistiften, Buntstiften, Finelinern, Pinseln und Farbtöpfen. Das reinste Paradies! Der beste Anblick überhaupt. Mir gingen die Augen über. Und das Herz auf. Jede einzelne meiner Körperzellen hüpfte vor Begeisterung. Wenn ihr nicht so kunstversessen seid, könnt ihr das wahrscheinlich nicht nachvollziehen. Aber diejenigen unter euch, die genauso gerne malen wie ich, werden es verstehen. Wäre mein bekloopptes Handy nicht aus der Steinzeit gewesen, dann hätte ich auf der Stelle ein Foto gemacht und es bei Instagram gepostet. Sämtliche meiner Träume, die auch nur entfernt mit Kunst zu tun hatten, schienen sich auf einmal zu erfüllen.

Als ich eintrat, drehten sich alle Gesichter zu mir um. Und alle lächelten. Ich wurde feuerrot. Max kam mir entgegen, klopfte mir auf den Rücken und stellte mir die Runde vor: Jamie Bright, der Drittplatzierte, Max' Zwillingsbruder Alex, der genauso riesig war, und zehn andere Leute, deren Namen ich mir so schnell nicht merken konnte.

Luis, der Schließfachjunge, war nicht dabei, aber ich war zu schüchtern, um mich nach ihm zu erkundigen. Doch bei Joanne Pyke konnte ich nicht anders, nach der musste ich einfach fragen – mit nervös stotternder Stimme.

»Ja, die kommt manchmal«, antwortete Jamie. »Wenn sie nicht gerade Leute in Mülltonnen stopft.«

Wie bitte, was??? Die wussten davon?

Jamie grinste. »Brauchst dir deswegen aber keine Sorgen mehr zu machen. Max und Alex haben Joanne gesteckt, dass sie dich in Ruhe lassen soll, und mit denen wird sie sich nicht anlegen. Und überhaupt: Sie fand dein Bild richtig geil.«

»Wie bitte?«

»Alle hier fanden das.«

Mein Herz führte einen regelrechten Stepptanz auf. Ich setzte mich an den Tisch und wir redeten über verschiedene Zeichentechniken und welche Stifte wir bevorzugten und warum wir dieses und jenes Papier mochten und welches unsere Lieblingsmotive waren.

Es war so unglaublich cool, das glaubt ihr nicht. Wann hatte ich je die Möglichkeit gehabt, über solche Sachen zu sprechen? Über Schattierungen, Schraffuren, Perspektiven, Papiersorten … Ich fühlte mich wie im siebten Himmel. Ich hatte auf einmal Freunde. Okay, sie waren nicht wie ich halb japanisch, halb italienisch, aber trotzdem gehörten sie derselben verrückten Spezies an, das spürte ich.

Es war ein bisschen wie nach Hause kommen.

Neunundzwanzig – Ventinove – Ni jū ku

Nach Schulschluss schwebte ich wie auf einem riesigen Luftkissen nach Hause. Joanne Pyke saß mir nicht mehr im Nacken! Ich hatte Freunde! Ich hatte den Kunstwettbewerb gewonnen! Ich war eine Heldin!

Völlig undenkbar, jetzt Katzenpipi wegzuscheuern. Heldinnen und Siegerinnen lassen solche Arbeiten hinter sich, sobald sie ihr neues Leben mit einer Luftkissenfahrt nach Hause beginnen. Der Gedanke an die Katzenklos war einfach zu abtörnend – auch wenn mir nur noch fünf Pfund für mein Smartphone fehlten. Nein, brrr, das würde ich später irgendwann machen.

Als ich unsere Wohnung betrat, waren Mum und Nonna gerade dabei, Bellas Geburtstagsparty vorzubereiten.

»Ciao, Ambra, amore. Come stai?«, begrüßte mich Nonna.

Und anstatt wie sonst *»Bene, grazie«* zu antworten, sagte ich: »Gut, danke.«

»Mannaggia! Perché queste bambine non parlano Italiano?« Sofort legte Nonna mit ihrem Gezeter los, warum wir zu Hause kein Italienisch mehr sprechen würden.

»Meine Güte, sie leben *hier* und sie sind halb japanisch!« brauste Mum auf. »Sie verstehen Italienisch – aber sie wollen es eben nicht sprechen.«

Aber das schien für Nonna kein Argument zu sein. Die ganze Zeit, während sie Cupcakes und Lasagne buk und die Wohnung wie immer in eine sagenhafte Duftwolke hüllte, maulte und meckerte sie.

Mum rollte mit den Augen. »Tu mir einen Gefallen, Amber, und sag nächstes Mal einfach ›*Bene, grazie*‹, okay?«, flüsterte sie mir zu. Dann wickelte sie weiter Schokoladentafeln in Zeitungspapier ein und fragte Nonna alle naselang, warum ihr Wackelpudding nicht fest wurde, sie habe sich doch streng an die Packungsanweisung gehalten.

Bella strich Glasur auf die Cupcakes. Ich beugte mich vor, um mir die Verzierung anzusehen: ein dicker Klacks rosa Zuckerguss, ziemlich schlampig draufgeklatscht. Wenn ihr mich fragt, war es nicht die allerbeste Idee, ihr dabei freie Hand zu lassen. Ich liebe es, Cupcakes zu dekorieren, aber nicht mit so einer quietschrosa Glasur. Sowieso ist es mir ein absolutes Rätsel, wie man diese Farbe mögen kann. Im Grunde ist Rosa doch nichts weiter als eine Mischung von Kotze-, Blut- und Eiterfarbe. Als ich Bella das sagte, machte sie sofort ein Riesengeschrei:

»Igitt, Mum, Amber ist so was von eklig!«

Hihi.

Irgendwie wollte ich ihnen nichts von dem Kunstwettbewerb erzählen. Und gleichzeitig brannte es mir total unter den Nägeln.

Trotzdem hielt ich erst mal den Mund, wartete, bis wir uns zum Essen hinsetzten. Wie immer fragte mich Mum, wie der Tag für mich gelaufen war.

»Na ja … ganz okay, eigentlich … Erinnerst du dich noch an diesen Kunstwettbewerb? Von der Schule? Für den wir bei Miss Figgis ein Bild abgeben sollten?«

»Du hast ihr doch eins gegeben, oder?«, fragte Mum mit hochgezogener Augenbraue.

Ich nickte.

»Gut«, sagte Mum. »Erzähl weiter.«

Ich blickte auf den Tisch und fummelte mit meiner Gabel herum. »Na ja, da haben massenhaft Schüler mitgemacht und einige der Beiträge waren echt genial …«

»Amber, ist doch nicht schlimm, dass du nicht gewonnen hast! Du bist doch gerade erst auf die Schule gekommen, du gehörst zu den Allerjüngsten. Dass du überhaut teilgenommen hast, war schon ein großer Schritt für dich. Wart's nur ab, es werden noch viele Wettbewerbe kommen.«

Da konnte ich mir das Grinsen nicht mehr verkneifen.

»Was ist? Was grinst du so?«, fragte Mum.

»Weil … äh …«

»Amber, jetzt spuck's schon aus!«

»Weil ich den Wettbewerb gewonnen hab.«

»Du hast *waaaaaaas*?«, kreischte Mum.

Sie sprang auf, zerrte mich vom Stuhl und wirbelte mich herum. Schreiend, brüllend und johlend. »Wahnsinn! Siehst du? Hab ich's dir nicht gesagt? Waaaaahnsinn!«

Nachdem Mum mich wieder auf dem Boden abgesetzt hatte, schnappte mich Nonna, schrie, brüllte und johlte auf Italienisch und drückte mich so fest an sich, dass ich kaum Luft bekam. Und dann fasste sie mich an den Händen und tanzte mit mir durch die Küche. Wir hatten noch nicht mal unsere Nudeln aufgegessen! Zum Glück sah mich niemand, es war einfach nur oberpeinlich, vor allem weil Bella auch noch klatschend danebenstand und uns anfeuerte. Aber irgendwann fühlte sie sich wohl ein bisschen ausgeschlossen, jedenfalls zupfte sie an Mums Pulli und sagte: »Ich bin auch ziemlich gut im Zeichen, oder, Mum? BIN ICH DOCH, MUM, ODER? MUM!«

Als Mum und Nonna sich wieder einigermaßen eingekriegt und sich über die Augen gewischt hatten, fielen mir plötzlich die bescheuerten Katzen ein.

»Oh, Nonna, deine Katzen! Na ja … äh … irgendwie ist mir gerade nicht so nach Katzenkloputz. Kann ich heute mal freihaben und morgen wieder kommen?«

»Amore«, sagte Nonna, »heute keine Katzen. Du überhaupt nicht mehr kommen. *Lo faccio io*. Mach ich. Ist kein Problem.«

Das war zwar ein total nettes Angebot, aber ich brauchte die letzten fünf Pfund wirklich dringend.

»Ein letztes Mal, Nonna.«

»Ich glaube, du langsam fängst an, *i miei gatti* zu lieben, hm?«, fragte sie und grinste.

Mach dir keine falschen Hoffnungen, hätte ich am liebsten gesagt. Wenn ich könnte, würde ich deinen blöden Katzen den Kopf abschneiden und sie in einem Bottich voller Säure kochen.

Aber natürlich sagte ich das nicht.

Da holte Nonna ihre Tasche, zog ihr Portemonnaie hervor und drückte mir fünf Pfund in die Hand.

»Moment mal, wofür sind die jetzt? Was ist mit den Katzenklos?«

»*Non fa niente*, Ambra. Ist kein Problem«, wiederholte sie und wedelte mit der Hand. »Ich mache Katzen selbst. Ich kein Problem mit Saubermachen. Ist nur wegen deine *Mamma*, sie hat gesagt, du brauchst Arbeit, also hab ich dir gegeben Arbeit.«

Das durfte doch wohl nicht wahr sein! All diese grässlichen Katzenpipi-Nachmittage – und das nur, weil Nonna mir einen Gefallen tun wollte! Ich hätte ihre Blumen gießen können! Ich hätte …

»Egal«, fuhr Nonna fort, »heute ich hab schöne Sache gekauft. *Molto conveniente*. Heißt *Litter Liner*. Ist Plastikbeutel mit gute Geruch, um in Katzenklo zu tun. Jetzt ich nur nehmen raus Beutel und alle Dreck ist drin. Dann ich nehmen neue Beutel. *É facile!* Ist ganz einfach!«

Ehrlich, ich wusste nicht, ob ich lachen oder weinen sollte. All das ekelhafte Rumgekratze! Und dabei gab es *Litter Liner*!

Ich biss mir auf die Lippe. Na, wenigstens hatte ich jetzt das Geld zusammen.

Komplett.

Ich hätte die ganze Welt umarmen können.

Nach dem Abendessen zählte ich es ungefähr zum tausendsten Mal. Man konnte ja nie wissen. Dann startete ich im Internet noch einen letzten Preisvergleich und verstaute das Geld. Sobald am nächsten Morgen die Geschäfte öffneten, würde ich auf der Matte stehen.

Dreißig – Trenta – San jū

Als ich am nächsten Morgen aufstand, saß Bella auf einem Stuhl neben der Wohnungstür.

»Was machst du denn da?«, fragte ich schlaftrunken.

»Ich warte auf den Postboten.«

»Immer noch kein Brief?«

»Nee.«

»Mensch, das ist ja echt blöd. Aber mach dir nichts draus«, war mein einziger Kommentar.

Als ich gefrühstückt, geduscht und mich angezogen hatte, steckte ich das Geld in mein Portemonnaie und zog mit Nonna los. In den Geschäften schaute ich mir Ewigkeiten verschiedene Handy-Modelle an und stellte mir bei jedem einzelnen vor, wie es sich wohl anfühlte, es zu besitzen. Ich verglich die unterschiedlichen Funktionen, die Telefon- und Datentarife und die Extras, die man noch dazubekam. Irgendwann wurde es Nonna langweilig – dabei gehört sie eigentlich zu den Leuten, die den ganzen Tag in einem einzigen Laden verbringen können. Also zog sie ab zum Drogeriemarkt und bat mich nachzukommen.

Ich überlegte noch eine Weile hin und her, dann traf ich meine Wahl. Ich bezahlte mit meinem sauer verdienten Geld und spazierte in absoluter Hochstimmung aus dem Laden. Ich fühlte mich wie eine Erwachsene. Wie ein ernst zu nehmender, vollwertiger Mensch.

Als wir nach Hause kamen, fragte Mum als Erstes: »Wofür hast du dein Geld ausgegeben? Doch nicht etwa für ein neues Handy?«

»Forse«, antwortete ich mit einem zufriedenen Grinsen. »Vielleicht. Du wirst es früh genug erfahren.«

Nonna musste nach Hause, um ihre Katzen zu füttern, deshalb brachte ich die Einkaufstüte in mein Zimmer. Als ich wieder in den Flur trat, sah ich Bella in ihrem rosa Palast sitzen, noch schlechter gelaunt als zuvor. Aber ich ignorierte sie, ging geradewegs ins Wohnzimmer und schaltete den Fernseher ein.

Kurz darauf hörte ich meine Schwester zum Briefkasten flitzen und wutschnaubend in ihr Zimmer zurückstampfen. Das Spektakel wiederholte sich ein paarmal, dann stand sie plötzlich in der Wohnzimmertür.

Ich schaute gerade eine Dokumentation über Adler, die Füchse jagten. Normalerweise liebe ich solche Sendungen, aber jetzt tat mir der junge Fuchs einfach nur leid. Ich hätte ihn gerne gerettet.

»Amber«, sagte Bella.

»Hm.«

»Vielleicht ist Dads Brief ja angekommen und irgendwer hier in der Wohnung hat ihn aus Versehen verlegt.«

»Sorry, aber soweit ich weiß, ist kein Brief angekommen.«

Da fing ihre Unterlippe an zu zittern und ihre Augen sahen auf einmal ganz groß und traurig aus, wie bei dem Kater in *Shrek*.

Ich war kurz davor, weich zu werden, aber ich riss mich zusammen. Nein, so konnte es nicht weitergehen. Meine Geheimschublade quoll über von Briefen – und Bellas Geburtstagsfeier war am nächsten Tag. Ich konnte sie unmöglich in der Hoffnung wiegen, dass Dad vielleicht doch noch auftauchte.

Mit hängenden Schultern zog sie ab in ihr Zimmer, kam aber nach ungefähr fünf Minuten zurück und reichte mir einen Umschlag. Egal, ich konnte mich sowieso nicht mehr aufs Fernsehen konzentrieren. Nicht wenn Bella die ganze Zeit so umhertigerte. Also nahm ich den Brief und versprach ihn für sie einzuwerfen, ich müsste mir nur noch schnell die Schuhe anziehen.

In meinem Zimmer riss ich den Umschlag auf.

Liber Dad,

hast du uns eigntlich schon mal vermist? Unt vermist du Mum?

Küschen von Bella

Selbst wenn ich vorhätte ihr zurückzuschreiben, was definitiv nicht der Fall war – was bitte schön sollte man auf so was antworten? Ich wollte ja auch, dass Dad uns vermisste. Und dass er Mum vermisste. Dass er sich hundeelend fühlte, weil er sie verlassen hatte, und dass ihm mittlerweile klar war, den größten Fehler seines Lebens begangen zu haben. Aber darum ging es Bella in diesem Moment sicher nicht.

Weil Mum so mit den Geburtstagsvorbereitungen beschäftigt war, gab es zum Abendessen nur klebrige Nudeln und steinharte Veggie-Burger. Wenn ich als Künstlerin erst mal Millionen verdiente, würde ich einen Koch engagieren, ganz klar.

»Komm, Bella, Zeit für die Wanne«, sagte Mum nach dem Essen.

»Ich will nicht baden«, murrte Bella.

»Du kannst dein Hello-Kitty-Schaumbad haben und die Aufzieh-Schwimmtiere …«

»Will keinen Schaum.«

»Aber du musst dir die Haare waschen, Bella. Sonst badest du doch so gerne. Na komm, das wird bestimmt ein Riesenspaß.«

»Mag keinen Spaß«, brummte Bella. »Mag kein Bad. Mag keine Haare.«

Mum sah mich an und kniff die Augen zusammen. Sie tat mir leid, weil sie nicht die leiseste Ahnung hatte, warum Bella so bockig war. Und ich würde ihr auch nicht auf die Sprünge helfen können, obwohl ich genau wusste, dass die ausbleibenden Antwortbriefe der Grund dafür waren.

Ungefähr eine Stunde kämpfte Mum im Bad darum, Bella die Haare waschen zu dürfen. Am Ende wurde sie böse.

Ich verdrückte mich sicherheitshalber in mein Zimmer.

Als es eigentlich längst Schlafenszeit für Bella war, bemerkte ich, wie sie in ihrem rosa Palast auf dem Boden vor dem Fenster lag. Sie sah irgendwie leer aus, wie ein Teddy ohne Füllmaterial.

Nein, so ging es nicht weiter, ich musste mit ihr reden.

»Was machst du da unten?«, fragte ich von der Tür aus.

Keine Antwort.

»Bella. Mir kannst du es doch sagen. Was läuft schief?« Ich trat in ihr Zimmer und setzte mich neben sie auf den Boden.

Sie schwieg noch eine Weile. Dann schaute sie mich an und sagte: »Er hat nicht zurückgeschrieben.«

»Oh. Vielleicht hast du ihn etwas gefragt, das er nicht beantworten kann.«

»Nein.«

»Vielleicht hat er versucht dir irgendetwas Bestimmtes zu sagen und du hast es nicht verstanden.«

Bella kniff misstrauisch die Augen zusammen. Ich musste echt aufpassen, was ich sagte.

Wieder schwieg sie einen Moment, dann platzte es aus ihr heraus: »Er liebt mich nicht mehr.«

Oh Gott. Jetzt hatte ich es total verbockt.

»Bella, das stimmt nicht, garantiert nicht. Vielleicht hat er einfach deine Briefe noch nicht bekommen. Oder er ist gerade zu beschäftigt, um zu antworten.«

Sie rollte ein Stück von mir weg und starrte den Bettpfosten an, so dass ich ihr Gesicht nicht mehr sehen konnte.

»Bella, es ist schon erstaunlich, dass du überhaupt Post von ihm bekommen hast. Freu dich darüber, aber erwarte lieber nicht, dass er dir jetzt ständig schreibt. Vielleicht waren seine Briefe so etwas wie ein einmaliges Geschenk. Vielleicht schreibt er dir nie wieder.«

»Aber ich dachte, er würde wieder nach Hause kommen«, flüsterte sie, ohne sich umzudrehen.

In diesem Moment wurde mir klar, was für einen Riesenfehler ich begangen hatte und wie oberbescheuert meine geniale Idee in Wirklichkeit gewesen war. Anstatt Bella zu helfen, hatte ich alles nur noch schlimmer gemacht. Ich hatte Hoffnungen geweckt, nur um sie kurz darauf wieder zu zerstören.

Ich musste ihr die Wahrheit sagen, jetzt sofort. Ich musste beichten, dass *ich* die Briefe geschrieben hatte. Aber irgendwie brachte ich das nicht fertig. Arme Bella. Es würde alles noch so kompliziert werden für sie. Aber verdammt, genau deshalb brauchte sie mich doch. Genau deshalb musste ich ihr aus ihrem Gefühlschaos heraushelfen, oder es zumindest versuchen. Denn egal wie nervig, durchgeknallt und verrückt sie war, sie war nun einmal meine kleine Schwester.

»Bella?«

»Hm?«

»Kannst du dich bitte wieder zu mir drehen? Ich möchte dir etwas erzählen.«

Sie rollte herum und schaute mich aus ihren großen braunen Augen an.

Es war echt nicht leicht, ihr nette Sachen zu sagen. Ich musste mir wirklich einen abbrechen, aber ich tat es.

»Du weißt, wie lieb wir dich haben, Mum und ich, oder?«

Sie zeigte mit ihrem Daumen und Zeigefinger einen Abstand von etwa drei Zentimetern. »Ungefähr so viel?«

Ich lächelte. »Viel mehr. Wir lieben dich mehr als der Himmel und die Erde groß sind, mit sämtlichen Tieren und Pflanzen und allem Drum und Dran. Mehr als das Universum.«

»Mehr als Filme mit Popcorn?«

»Mehr als Filme mit Popcorn.«

»Mehr als Zeichnen?«

Da musste ich kurz drüber nachdenken.

»Ja, aber nur ein bisschen.«

Sie grinste und setzte sich auf.

»Weißt du, vielleicht wirst du nie wieder einen Daddy haben. Aber dafür hast du eine große Schwester. Ich verspreche dir, dass ich mich immer um dich kümmern werde, selbst wenn wir erwachsen und verheiratet sind und unsere eigenen Kinder haben.«

Da begann ihre Unterlippe zu zittern und ihre Augen füllten sich mit Tränen. »Das ist nicht dasselbe, Amber.«

»Ich weiß.«

»Du kannst mir nicht beibringen, wie man Spione fängt.«

Ich grinste. »Natürlich kann ich das.«

»Echt? Und kommst du auch zuhören, wenn ich mit dem Chor singe?«

»Wenn du das möchtest.«

»Und darf ich im Sandkasten auf deinem Schoß sitzen?«

Also, da musste ich dann doch einen Strich ziehen. »Nein, das geht nicht. Das ist mir zu dreckig.«

»Dann brauch ich Daddy doch.«

»Ich weiß, dass du Daddy brauchst, Bella, aber er ist weg. Dafür haben wir Mum und Nonna und uns beide. Also, sei nicht traurig, dass du keine Post bekommst, okay?«

Jetzt rollten dicke Tränen über ihre Wangen. Ich legte meinen Arm um sie (zum Glück war sie frisch gebadet und deshalb wohl nicht allzu klebrig und weitgehend bazillenfrei) und starrte aus dem Fenster. Draußen schien der Mond und ich musste daran denken, wie Bella gesagt hatte, der Mond sei ein Spiegel, in dem wir Dad sehen konnten, wenn er auch hineinschaute. Zum tausendsten Mal fragte ich mich, *wo* er gerade war und was er in diesem Moment wohl machte. Ich meine, er lebte ja noch, irgendwo da draußen in der Welt, er programmierte seine Computer, trank Tee und band sich jeden Morgen die Schuhe zu. Und er schaute zum selben Mond hoch wie wir.

»Amber?«

»Was?«

»Glaubst du, dass er je wieder nach Hause kommt?«

Ich hätte am liebsten gesagt, dass ich das nicht hoffte, weil ich ihm wohl niemals verzeihen und ihm nie wieder vertrauen könnte. Außerdem war da dieses schwarze Loch, das die Luft aus mir heraussaugte, sobald ich nur an ihn dachte. Aber es gab auch einen Teil in mir, der ihn zurückwünschte. Nicht für mich, sondern weil Bella ihn brauchte.

Also sagte ich: »Ich weiß es nicht, aber ich würde nicht darauf hoffen. So, und jetzt hör auf zu grübeln, okay? Morgen ist deine Geburtstagsfeier. Da sollst du doch Spaß haben.«

Eine Weile hockten wir noch schweigend nebeneinander, dann küsste ich sie oben auf den Kopf, der noch ganz nass war und nach Shampoo roch, und ging in mein Zimmer.

Einunddreißig – Trentuno – San jū ichi

Als ich schließlich im Bett lag, war ich zwar traurig wegen Bella, gleichzeitig aber so glücklich, dass mein Herz wie wild hämmerte. Es fühlte sich fast so an, als würde es meine Brust sprengen und durch die Zimmerdecke krachen, um schnurstracks zu den Sternen zu fliegen. Sicherheitshalber presste ich mir die Hand auf den Brustkorb.

Da fing plötzlich das Bett an zu knarren und schwups lag mein Traumvater neben mir, diesmal ausnahmsweise gekleidet wie ein ganz normaler Dad: mit Jeans, blauem Kapuzenpullover und einer Montags- und einer Mittwochssocke an den Füßen, obwohl es weder Montag noch Mittwoch war.

Grinsend schaute er mich an.

»Ich habe den Kunstwettbewerb gewonnen«, flüsterte ich. »Ich kann's immer noch nicht glauben.«

»Aber das war doch klar! Ich hab keine Sekunde dran gezweifelt. Und? Wie fühlst du dich jetzt?«

»Ziemlich gut.«

»Sehr schön! Du hast es verdient. Und außerdem hast du das Monster unter deinem Bett umgelegt.«

»Wem sagst du das. Und obendrein habe ich dich jetzt in meinem Leben. Meinen Traumvater.«

»Ja, sieht so aus, als wäre dein Leben rosarot und perfekt, was?«

Ich seufzte. »Na ja, nicht ganz. Ich habe Bella mit den Briefen ausgetrickst und jetzt ist sie am Boden zerstört. Und das fühlt sich alles andere als gut an. Außerdem musste ich beim Briefeschreiben an meinen echten Dad denken – und das hat mich richtig wütend gemacht.«

»Wieso wütend?«

»Weil er einfach so mir nichts, dir nichts abgehauen ist. Und jetzt nicht mal weiß, ob wir noch leben oder schon tot sind. Was ihm anscheinend auch egal ist.«

»Amber«, sagte er, »das musst du ihm verzeihen.«

Wie bitte? Mein ganzer Kiefer verspannte sich vor Empörung. *Ich? Ihm* vergeben? »So weit kommt's noch! Wieso sollte ich?«

»Weil die Wut, die sich in deinem Herzen anstaut, irgendwann explosionsartig hervorbricht. Und dann kann sie sich gegen alles Mögliche auf der Welt richten. Gegen jemanden, den du eigentlich liebst. Oder sogar gegen jeden, der dir über den Weg läuft. Glaub mir, du willst ganz bestimmt nicht, dass sich dein Zorn tief in dir drin festsetzt und Löcher in dein Herz frisst.«

Darüber musste ich erst mal nachdenken. Leider war es alles ein bisschen komplizierter.

Ich starrte auf den Fußboden. Und dann in die Luft, ins Nichts. Das half mir beim Nachdenken. Obwohl ich eigentlich gerade total glücklich war, fühlte sich die Wut auf meinen Dad immer noch an wie ein langer Dorn, der tief in meinem Herzen steckte und vielleicht nie verschwinden würde.

»Wenn ich ihm vergebe«, sagte ich schließlich, »dann heißt das, dass sein Verhalten okay war. Und das war es nicht, nicht mal ein klitzekleines bisschen. Es war so was von überhaupt nicht okay.«

»Aber vielleicht wirst du die wahren Gründe, aus denen er gegangen ist, niemals erfahren. Und anstatt ihn bis ans Ende deines Lebens zu hassen, könntest du dir vielleicht sagen: Na gut, er hat sich total mies verhalten und er hat mich damit verletzt, aber jetzt ist es vorbei und ich lebe mein Leben weiter.«

Eine halbe Ewigkeit lag ich da und dachte nach. Über meinen Dad und über meine Mum und darüber, dass sie einmal ein Paar waren. Und wie sie mich und Bella bekamen. Und wie glücklich sie aussahen auf den Fotos, als sie mit uns – irre winzig, süß und hilflos – aus dem Krankenhaus kamen. Wie hatte er das alles hinter sich lassen können, ohne auch nur ein einziges Mal anzurufen?

Schließlich sagte ich: »Ich glaube nicht, dass ich ihm jemals verzeihen kann. Ich wüsste nicht, *wie*. Und ich bin mir auch nicht sicher, ob ich das überhaupt will. Vielleicht kommt er nie zurück und dann muss ich mich ohne Vater durchs Leben schlagen. Hast du auch nur die geringste Ahnung, wie ätzend das ist?«

Mein Traumvater nickte und stieß einen langen, leisen Pfiff aus. »Ich weiß genau, wie ätzend das ist. Aber Menschen machen Fehler. Sie werden wütend und dann machen sie blöde Sachen, auf die sie selbst nicht sonderlich stolz sind. Und damit verletzen sie die Menschen, die sie am meisten lieben.«

Das stimmte. Ich war schon öfter sauer auf Mum und Bella gewesen und habe ihnen Dinge an den Kopf geworfen, die ich nicht so meinte. Und manchmal habe ich sie sogar nur deshalb verletzt, weil mir gerade danach war. Natürlich habe ich es jedes Mal ziemlich schnell bereut, aber dann war es meist zu spät.

Ich starrte an die Decke und dachte über seine Worte nach. Wenn wir doch nur in einer Dachwohnung leben würden und Zimmerdecken aus Glas hätten, dann könnte ich jetzt den Sternenhimmel sehen.

Irgendwann musste ich wohl eingeschlafen sein, denn als Nächstes hörte ich, wie mein Wecker klingelte. Es war Sonntagmorgen.

Zweiunddreißig – Trentadue – San jū ni

Oh Gott! Ich stöhnte. Bellas Geburtstagsparty.

Ich quälte mich aus dem Bett, wusch mir das Gesicht, schrubbte meine Hände und ging in die Küche.

Nonna war gerade dabei, Bellas Geburtstagskuchen zu backen: ein riesiges Gebilde mit unzähligen Schichten und haufenweise Sahne, typisch italienisch. Um mich nützlich zu machen, streifte ich Gummihandschuhe über und spülte die Kuchenschüssel. Mum war mit dem Staubsauger zu Gange, was ich ehrlich gesagt reichlich sinnlos fand. Schließlich würde bald eine Horde Kinder einfallen und sowieso alles verwüsten.

Da klingelte das Telefon.

Mum ging ran und meldete sich mit ausgesprochen heiterer Stimme. Aber plötzlich veränderte sich ihr Ton. »Was? Nein! Das ist nicht Ihr Ernst! Bitte sagen Sie, dass das nicht wahr ist!«

Ich streifte den Spülschaum von meinen Gummihandschuhen und ging zu ihr. »Mum? Mum, was ist?«

»Neeeeeiiiiin!«, schrie sie ins Telefon.

Die furchtbarsten Dinge schossen mir durch den Kopf. Irgendjemand war gestorben. Die gesamte Pyke-Familie war im Anmarsch, bis zu den Zähnen bewaffnet. Man hatte uns die

Wohnung gekündigt und wir würden bis an unser Lebensende unter irgendwelchen Brücken hausen müssen …

Nach einer Weile legte Mum auf und starrte mit leerem Blick vor sich hin, die Hand auf den Mund gepresst.

»Mum, nun sag doch was! Du machst mir Angst. Ist jemand gestorben?«

Sie schüttelte den Kopf.

»Haben wir unsere Ersparnisse verloren?«

»Unsere Ersparnisse? Haha, der ist gut. Ach, du armes, ahnungsloses Kind. Wir haben gar keine Ersparnisse, die wir verlieren könnten!«

»Was ist dann passiert?«

»Clopsie der Clown. Hat abgesagt. Sie ist krank!« Mum schaute mich an. In ihren Augen lag das blanke Entsetzen. »Was um Himmels willen machen wir jetzt?« Ihr Gesicht war nicht ganz so weiß wie der Kühlschrank, aber für ein Gesicht war es ziemlich weiß.

Ich seufzte auf vor Erleichterung. Was sie da sagte, schien mir wie ein Wunder, wie ein himmlisches Geschenk, eine gnädige Wendung des Schicksals. Aber Mum sah das anscheinend anders. Sie verbrachte den Rest des Vormittags am Telefon und wählte sich die Finger wund, aber es war zu spät. So kurzfristig hatte kein anderer Clown mehr Zeit.

»Na ja … wird schon irgendwie werden. Kann doch eigentlich nicht so schwer sein, die Rasselbande zu beschäftigen, oder?«, fragte sie schließlich mit verzagter Stimme, während ihre Finger nervös auf dem Telefon herumtrommelten. »Wir spielen ein paar Partyspiele, dann gibt's was zu essen und das war's.«

Nonna schmetterte ein »Hah!« aus der Küche.

Mum und ich sahen uns an und schluckten.

»Mum«, flüsterte ich. »Noch ist genügend Zeit, um abzuhauen. Wenn wir jetzt ins Auto springen, sind wir heute Abend in Paris.«

»Geht nicht«, antwortete Mum. »Der Motor streikt. Ich hab morgen einen Termin in der Werkstatt.«

Wir hatten also keine andere Wahl. Der Party-Countdown lief. Als der Kuchen im Ofen war, machte sich Nonna daran, ungefähr eine Million Sandwiches zu schmieren. Mum öffnete Chipstüten und stellte Süßigkeiten, Weintrauben und Kekse auf den Tisch. Ich versuchte ebenfalls zu helfen, aber ich war ein einziges Nervenbündel: Ich ließ eine Saftpackung fallen, stolperte über eine Plastiktüte und stieß verschiedene Dinge vom Tisch, bis Mum mich schließlich sanft an den Schultern packte und sagte: »Keine Sorge, Amber, niemand wird dein Zimmer betreten. Und überhaupt: Jedes Chaos lässt sich beseitigen. Alles wird gut, du wirst sehen.«

»Okay, wenn du das sagst.«

»So, und jetzt hör zu«, sagte Mum. »Deine Hauptaufgabe nachher wird sein, den Gästen die Tür zu öffnen und Bella davon abzuhalten, ihnen die Geschenke aus der Hand zu grapschen und wie eine Wilde das Papier aufzureißen. Und jetzt könntest du schon mal die Teller und Becher verteilen.«

»Okay.«

Als ich mit Tischdecken fertig war, schloss ich die Tür zu meinem Zimmer und betete, dass keiner von Bellas Freunden es entern und meine Sachen mit ihren ekelhaft klebrigen Bazillenfingern angrabbeln würde. Dann atmete ich ein paarmal tief durch und ging ins Wohnzimmer, um Mum bei den letzten Vorbereitungen zu helfen.

Ich rückte Möbel beiseite, stellte überall kleine Fähnchen auf und hängte eine Traube Luftballons unten an die Tür, damit das Haus leichter zu finden war. Wenn man mal genauer darüber nachdachte, waren Luftballons eigentlich ziemlich eklig – gefüllt mit Lungen- und Mundbakterien und ganz feucht von schleimiger Spucke. Puh, schnell schob ich den Gedanken beiseite.

Genau in dem Moment klingelte erneut das Telefon. Mum flog geradezu durch den Flur. Sie hoffte wohl, dass es Clopsie war, die es sich anders überlegt hatte und doch noch kommen konnte. Aber es war nur Grace, eine von Bellas Freundinnen, die absagte, weil sie auch krank war. Kurz darauf rief Ben an und sagte ebenfalls ab. Und dann Frankie.

Wir fanden, dass dies ein guter Augenblick war, um Bella das mit Clopsie beizubringen.

»Bella, da scheint ein *furchtbar* ansteckender Virus umzugehen«, begann Mum und setzte eine derart tragische Miene auf, dass sie jeden Schauspielpreis gewonnen hätte. »Grace hat ihn, Ben hat ihn, Frankie hat ihn und …« Mum schaute weg. »Das Schlimmste: Clopsie der Clown hat ihn auch.«

Bella starrte Mum entgeistert an, ihre Augen so groß wie Wasserbälle. »Was? Kommt Clopsie etwa nicht, Mummy?«

»Sie kann leider nicht, Bella. Sie ist einfach zu krank. Von diesem furchtbaren, furchtbaren Virus.«

Wie erwartet nahm Bella die Nachricht nicht sonderlich gut auf. Sie brach in Tränen aus, stampfte mit den Füßen und schrie wie ein Baby, bis Mum sich nicht mehr anders zu helfen wusste und das Kostüm hervorholte, das Nonna ihr gekauft hatte. Es war noch eingeschweißt. Ich blickte verwirrt auf die Verpackung.

»Bella«, sagte Mum, »schau mal, was Nonna dir für ein großartiges Kostüm gekauft hat.«

Sofort versiegten Bellas Tränen und sie schielte zu der Verpackung hinüber. Dann rümpfte sie die Nase. »Aber das ist ja gar kein Einhorn-Kostüm! Das ist ein Polizei-Kostüm!«

»Si, amore«, schaltete sich Nonna ein. »Hab ich dir doch gesagt. Hab doch gesagt, ich kaufen schönes Uniform-Kostüm. Gefällt dir?«

Bella legte den Kopf schief. »Uniform?«, fragte sie und beäugte das Kostüm. Unter der Plastikfolie zeichnete sich eine leuchtend grüne Jacke ab, auf deren Vorderseite das Wort *Polizei* zu erkennen war, eine Kappe mit einem umlaufenden, schwarz-weiß karierten Band, eine schwarze Hose und ein Walkie-Talkie.

Ich schaute Nonna an und prustete los. »Bella dachte, du hättest von einem Uni*corn*-Kostüm gesprochen, einem Einhorn-Kostüm.«

»Ambra«, sagte Nonna, als ob ich *molto pazza* wäre, nicht alle Tassen im Schrank hätte. »Wieso ich ihr kaufen Unicorn-Kostüm? Ausgerechnet ich? Pffff.«

Zum Glück fand Bella die ganze Angelegenheit eher komisch

und wollte die Uniform auf der Stelle anziehen. Clopsie schien sie total vergessen zu haben.

»Ihr müsst dafür sorgen, dass alle meine Gäste immer in meiner Nähe bleiben und sich mit mir unterhalten. *Nur* mit mir«, sagte sie und setzte die Polizeikappe auf.

»Geht klar.«

»Und ihr lasst mich auch alle Spiele gewinnen, okay?«

»Also, Bella, das kann man doch nicht machen. Aber gut, ein paar Spiele schon.«

»Und sag mir auf der Stelle, dass Dad kommt.«

»Bella ...«, fing ich an, während sie sich in die neongrüne Jacke hineinwurschtelte, die ebenfalls einen schwarz-weiß karierten Streifen hatte.

Mein Gott, dachte sie etwa immer noch, er würde kommen? Ich hatte geglaubt, sie hätte sich die Idee inzwischen abgeschminkt.

»Amber Miyamoto«, sagte sie und stand stocksteif da. »Leg dich bloß nicht mit mir an. Wenn du nicht brav bist, werfe ich dich ins Gefängnis, da kannst du dann für den Rest deines Lebens schmoren.«

»Für den Rest meines Lebens? Ist das nicht ein bisschen hart?«

Sie beugte sich über den Tisch, kritzelte etwas auf ein kleines Stück Papier und wedelte damit vor meinem Gesicht herum.

Ich warf einen Blick auf den Zettel. »20 Pfunnt« stand darauf.

»Was soll das?«, fragte ich.

»Bußgeld.«

»Aber wofür? Ich hab doch gar nichts gemacht.«

»Weil du dich für meine Party nicht verkleidet hast.«

»Moment mal, ich *bin* verkleidet. Als große Schwester.«

Wieder kritzelte Bella etwas auf einen Zettel. Ich hoffte, es wäre ein Schein, der mir das Bußgeld erließ. Aber nein, dort stand: »Unt 25 Pfunnt für blöde Wizze.«

Okay, das kann ich auch, dachte ich, schrieb ebenfalls etwas auf ein Stück Papier und reichte es ihr: »20 Pfund für schlechte Rechtschreibung.«

»Nee, Amber, das geht nicht«, bügelte meine kleine Schwester mich ab. »Du darfst keine Strafzettel verteilen, du bist keine Polizistin.«

Während wir in unserer wie leer geräumten Wohnung auf die Geburtstagsgäste warteten, erfand Bella ständig neue Vergehen, für die sie mir Bußgelder aufdrückte. Plötzlich konnte ich es kaum noch erwarten, dass ihre Freunde eintrudelten, denn dann würde sie wohl endlich damit aufhören. Puh, Bella war echt die strengste und herrischste Polizistin, die man sich vorstellen konnte. Wahrscheinlich war das jetzt ihr neuer Traumberuf. Oh Gott, ich sah sie schon vor mir, wie sie später die Leute strammstehen ließ. Und ich ahnte, dass sie die Uniform künftig auch zum Entenfüttern im Park anziehen würde.

Und dann war es plötzlich drei Uhr und wie auf Gongschlag klingelte es.

Dreiunddreißig – Trentatré – San jü san

Ich öffnete die Tür und stand einem Mini-Spiderman gegenüber. Er verschwendete keine Sekunde damit, Hallo zu sagen, sondern stürmte direkt an mir vorbei in die Wohnung und schmierte dabei seine klebrigen Finger über sämtliche erreichbaren Wände. Wahrscheinlich hatte er sich unmittelbar davor die Nase geschnäuzt, direkt in die Hände. Oh Gott, solange er nur nicht *mir* zu nahe kam. Sicherheitshalber streifte ich meine Latex-Handschuhe über.

Da klingelte es erneut. Und es hörte überhaupt nicht mehr auf. Ich blieb gleich neben der Tür stehen, das war am einfachsten. Und bevor wir wussten, wie uns geschah, war die ganze Wohnung voller lärmender Feen und Superhelden, die überall herumwuselten, nach Essen suchten und Weintrauben in der Toilette runterspülten. Bella fing an Strafzettel zu verteilen, wenn die anderen Kinder ihr nicht zuhörten. Gerade als alles ein bisschen aus dem Ruder zu laufen drohte, holte Mum eine in Zeitungspapier eingewickelte Schokoladentafel hervor sowie Mütze, Handschuhe, Messer und Gabel, damit wir Schokoladenessen spielen konnten. Sie war kurz vorm Durchdrehen, obwohl sie sich sichtlich bemühte nicht in Panik auszubrechen.

Leider war es ein Ding der Unmöglichkeit, die komplette Bande in einen Raum zu bekommen und ihnen dann auch noch klarzumachen, dass sie sich in einen Kreis setzen sollten. Mum schrie sich die Kehle aus dem Hals, und als das nichts nützte, stellte ich kurzerhand die Musik an.

Nach zehn ergebnislosen Minuten sagte Mum zu mir: »Ich glaube, es war ein Riesenfehler, die Party nicht abzusagen.« Ich konnte ihr nur zustimmen. Und dabei hatten wir noch eine Stunde und fünfzig Minuten vor uns.

Aber das Allerschlimmste war: Wenn Bella ihre Freunde nicht herumkommandierte, rannte sie im 5-Minuten-Takt zum Fenster, um nach Dad Ausschau zu halten. Ich versuchte ihr klarzumachen, dass der nicht auftauchen würde, aber sie hörte überhaupt nicht zu.

Damit die Gäste nicht auf dumme Gedanken kamen, bat Mum mich, mit ihnen Stopptanzen, Schlafende Löwen und Topfschlagen zu spielen. Doch als wir damit fertig waren, blieben immer noch satte fünfundvierzig Minuten.

Mum war inzwischen ganz grün im Gesicht und sah aus, als bräuchte sie dringend frische Luft.

Höchste Zeit, die Sache in die Hand zu nehmen.

Ich drückte jedem Kind ein antibakterielles Feuchttuch in die Hand, ließ sie einen Sitzkreis bilden und verteilte die Sandwiches und Chips. Doch auch das brachte sie leider nur drei Minuten zum Schweigen. Also stellte ich einen Film an, obwohl Mum eigentlich beschlossen hatte den Fernseher auszulassen. Aber zu dem Zeitpunkt war sie auch noch der Meinung gewesen, es könne ja wohl nicht so schwer sein, ein paar Sechsjährige in Schach zu halten.

Schließlich ließ ich mich neben Mum auf einen Stuhl plumpsen.

»Ich sag dir was«, stöhnte sie. »Nie wieder. Nie. Wieder. Clopsie ist mit Gold nicht aufzuwiegen. Wir hätten nach Paris fliehen sollen, als noch Zeit war. Mit dem Eurostar.«

Leider brachte der Film nicht ganz den gewünschten Erfolg. Die eine Hälfte der Kinder sah ihn sich zwar an, die anderen quatschten aber dauernd dazwischen. Deshalb konnten die Filmgucker nichts verstehen und brüllten die Störenfriede an, endlich die Klappe zu halten.

Aber inzwischen kümmerte mich das schon nicht mehr. Ich wollte nur noch, dass es zu Ende war.

Da kam Bella zu mir herüber und zischte mir ins Ohr: »Amber, er ist immer noch nicht da!«

»Das ist wirklich ein Jammer!«, antwortete ich. »Aber vielleicht könntest du trotzdem aufhören die ganze Zeit zum Fenster zu laufen und dich ein bisschen mehr auf deine Geburtstagsfeier konzentrieren? Hier, gib deinen Gästen ein paar Süßigkeiten, damit sie ruhig sind.«

Bella verteilte den Süßkram. Dann rannte sie wieder zum Fenster, und jedes Mal wenn sie rausschaute, sackten ihre Schultern ein Stückchen weiter nach unten. Erstaunlicherweise konnte sie jedoch binnen einer Sekunde wieder herumwirbeln und den Oberboss spielen.

Und dann passierte etwas völlig Verrücktes. Nonna begann in der Küche das Arche-Noah-Lied zu schmettern, in voller Lautstärke: *»Ci son due coccodrilli, ed un orangotango, due piccoli ser-*

penti, un'aquila reale, un gatto, un topo e un elefante: non manca più nessuno; solo non si vedono i due liocorni …«

Und ob ihr's glaubt oder nicht: Die Kinder, die den Film boykottierten und stattdessen durch die Wohnung sausten, die Partydekoration angrabbelten, Schränke öffneten und sich in der Garderobe versteckten, rannten in die Küche.

Nonna sang unbeirrt weiter, und als sich alle Neugierigen um sie geschart hatten, brachte sie ihnen *»Se sei felice e tu lo sai batti le mani«* bei (Bist du glücklich und du fühlst es, klatsche laut). Und dann klatschten alle wie die Verrückten und im Handumdrehen hatte Nonna den ganzen Nachmittag gerettet, denn Nonna war einfach Nonna und jeder liebte sie.

»Bella«, sagte ich nach einer Weile, »wie wär's, wenn wir jetzt den Kuchen essen?«

»Noch nicht, Amber. Wir müssen noch auf Dad warten«, flüsterte sie mit ihrer total unflüsterigen Flüsterstimme.

Was dachte sie sich bloß dabei? Als würde Dad gleich vor der Tür stehen. Selbst wenn er Bellas Briefe bekommen hätte – wer weiß, ob er sich auch nur im Mindesten darum geschert hätte?

»Wir können nicht länger warten, Bella. Entweder jetzt oder gar nicht.«

Ich wusste, dass sie da nicht widersprechen würde.

Also stellte ich den Film auf »Pause« und Nonna brachte den Kuchen. Die lärmende, schmuddelige Truppe sang *Happy Birthday* und danach wuchteten wir alle gemeinsam Bella samt Stuhl ein paar Zentimeter in die Höhe, was sie derart begeisterte, dass sie mir einen meiner vielen Strafzettel erließ. Dann überlegte sie sich einen heimlichen Wunsch und nahm sich das erste Tortenstück.

Während Mum den Film wieder anstellte, schnitten Nonna und ich den restlichen Kuchen in Stücke und umwickelten ein jedes ungefähr zehnmal mit Frischhaltefolie, damit niemand, aber auch wirklich niemand auf die Idee käme, sein Stück in unserer Wohnung auszuwickeln. Mum gesellte sich zu uns und begann die übrig gebliebenen Sandwiches aufzufuttern. Ihr Blick war glasig.

»Das waren definitiv die längsten zwei Stunden meines Lebens … Und sie sind noch nicht mal vorbei«, stöhnte sie und goss sich ein großes Glas Rotwein ein.

Als der Film zu Ende war, gaben wir der Bande noch mehr Süßigkeiten zu futtern. Und genau in dem Moment, als der Zuckerrausch einsetzte, klingelten die ersten Eltern, um ihre Kinder abzuholen. Kaum hatten diese die Wohnung mit ihrem eingewickelten Kuchenstück und den kleinen Geschenketütchen verlassen, begann Bella zu quengeln. Gleich nächste Woche wolle sie wieder eine Party machen, dann aber mit Clopsie.

Wahnsinnsidee!

Am Ende waren außer Bella nur noch zwei Kinder übrig. Mum war dabei, das Zeitungspapier vom Schokoladenessen in einen schwarzen Müllsack zu stopfen, deshalb öffnete ich die Tür, als es klingelte.

Vor mir stand der Schließfachjunge und lächelte.

Ich erstarrte.

»Hallo. Ich wollte meinen kleinen Bruder abholen. Miguel«, sagte er. »Sorry, dass ich so spät komme.«

»Oh, äh, kein Problem.« Ich stand da wie ein Holzpfosten. Reglos, steif und stumm.

»Ich hab übrigens gesehen, dass du den Kunstwettbewerb gewonnen hast.«

Ich nickte wie ein gehirn- und zungenamputierter Volltrottel.

»Dein Bild ist der absolute Hammer.«

Jetzt tat sich etwas bei mir: Meine Wangen wurden rot. Feuermeldermäßig.

»Äh … danke.«

»Und dein Name ist auch ziemlich cool«, fügte er hinzu. »Amber Miyamoto – klingt wie eine Comic-Samuraikämpferin oder eine Ninja-Spionin oder so was.«

Ich lachte. »Eigentlich heiße ich Ambra. Meine Mutter ist Italienerin.«

»Ammmmmbrrrrra«, wiederholte er, wobei er das »R« rollte und sich das »M« auf der Zunge zergehen ließ.

Ich war wie vom Donner gerührt.

Und dann sagte er: »Darf ich dich etwas fragen?«

Schluck. Er würde mich fragen, woher meine andere Hälfte stammte, und mich dann für total seltsam halten. Für einen Alien. Oder aber er würde denken, ich wäre etwas ganz Besonderes, und würde mich über Japan ausquetschen. Und ich hatte doch null Ahnung.

»Klar.«

»Warum trägst du Gummihandschuhe?«

»Oh.«

Ich betrachtete meine Hände. Ich konnte ihm unmöglich die Wahrheit sagen: dass ich eine Schmutzphobie hatte. Dass ich Bazillen hasste. Dass Geburtstagsfeiern mit Sechsjährigen eine einzige Gefahrenquelle darstellten.

Ich glaube, das war der Moment, in dem ich beschloss, dass mit dieser absurden Marotte endlich Schluss sein müsste.

»Ähm, na ja, ich hab da ein kleines Problem … aber ich hoffe, das hat sich bald erledigt.«

»Meine Kusine hat das auch, glaube ich. Ekzeme, stimmt's? Ihre Haut ist so gerötet und trocken, dass sie nicht mit Wasser in Berührung kommen darf und deshalb Handschuhe tragen muss.«

»*Ambra, perché non gli hai chiesto di entrare?* Warum du nicht bittest nette junge Mann herein?«, fragte Nonna, die auf einmal hinter mir stand.

»Oh, wie blöd von mir. Natürlich, komm rein.«

Er lachte. »Danke, aber mein Vater wartet unten im Auto, deshalb kann ich nicht lange bleiben.«

Er trat ein, blieb aber im Flur stehen, während Nonna kichernd in der Küche verschwand.

Ich drehte mich um und rief: »Miguel! Dein Bruder ist da!«

»Ich heiße übrigens Luis«, sagte er.

ALS WENN ICH DAS NICHT WÜSSTE!

»Hab ich dir, glaube ich, schon mal gesagt, aber daran erinnerst du dich bestimmt nicht mehr. Luis Fernandez.«

»Wo kommt dein Name her? Ist der spanisch oder so?«

»Mein Dad stammt aus Mexiko und meine Mutter ist Schottin. Ich bin ’ne ziemlich verrückte Mischung.«

Ich grinste und nickte. »Kommt mir bekannt vor.«

Wir standen da und fühlten uns beide so unbehaglich wie wahrscheinlich noch nie zwei Menschen in der gesamten Weltgeschichte. Dann sagte ich plötzlich: »Darf ich dich auch was fragen?«

»Klar.«

»Zeichnest du?«

Er schnitt eine Grimasse. »Hm, ein bisschen. Aber eigentlich nicht so richtig.«

»Aber … wieso läufst du dann mit einer Zeichenmappe durch die Schule?«

»Ah, da hatte ich ein paar Fotos drin, die ich meinem Kunstlehrer zeigen wollte.«

»Du bist Fotograf?«

Er zuckte die Achseln. »Fotograf ist vielleicht etwas hoch gegriffen. Sagen wir lieber: Ich mache Fotos.«

»Wow. Hast du auch am Kunstwettbewerb teilgenommen?«

»Nein, ich mache Fotos und dann male ich drüber. Ich spiele mit ihnen, deshalb ist es keine richtige Fotografie. Ich bin noch in der Experimentierphase. Ganz anders als du mit deinen Bildern …«

Ganz anders als ich mit meinen Bildern? Als wäre ich eine fertig ausgebildete Künstlerin. Meine Wangenfarbe ging wahrscheinlich gerade ins Violette über.

»Dabei würde ich gern richtig zeichnen lernen – damit ich

meine Fotos besser variieren kann. Meinst du, du könntest mir ein bisschen dabei helfen?«, fragte er. »Ach, vergiss es, du hast wahrscheinlich genug zu tun.«

»Klar kann ich dir ein paar Sachen zeigen.«

Luis' braune Augen wurden groß wie Untertassen. »Echt?«

»Kein Problem.«

Sein Lächeln war wie ein gigantisches Feuerwerk, dessen Funkenregen man garantiert noch in der hintersten Ecke des Weltalls sehen konnte. Mein Magen machte einen dreifachen Rückwärtssalto, absolut olympiareif.

In dem Moment tauchte Miguel auf und rannte direkt über meinen kleinen Zeh zur Wohnungstür hinaus.

»Deine Gummihandschuhe sehen übrigens total bescheuert aus«, rief er.

»Tut mir leid, mein Bruder ist manchmal etwas ungehobelt«, entschuldigte sich Luis.

»Ach was, der ist doch total süß.« Oh Gott, was war ich nur für eine miese Heuchlerin. Keine Frage: Der einzige Grund, warum ich diesen widerlichen kleinen Kerl noch einmal in unsere Wohnung lassen würde, war sein großer Bruder.

Luis wandte sich zum Gehen.

»Sollen wir uns morgen Mittag im Kunstraum treffen?«, schlug ich vor.

Er drehte sich noch einmal um und warf mir ein Lächeln zu, während sein nervtötender Bruder schon Richtung Auto sauste.

»Ich meine, der Kunst-Klub findet ja immer mittwochs nach der Schule statt«, fuhr ich fort, »aber sie treffen sich meistens auch noch in den Mittagspausen. Und ich bin sicher, dass sie es okay finden, wenn du auch kommst. Und bring doch deine Mappe mit. Ich würde gern deine Fotos sehen.«

»*¡Fenómeno!*«, sagte er.

Was auf Spanisch vermutlich so viel wie »großartig« hieß. Vielleicht aber auch auf Schottisch.

Vierunddreißig – Trentaquattro – San jū shi

Ich schloss die Tür, streifte die Gummihandschuhe ab und huschte ins Bad, um mir das Gesicht zu waschen und ein bisschen runterzukommen. Luis und ich würden Freunde werden, das hatte ich im Gefühl.

Als ich aus dem Bad kam, wurde gerade das letzte Kind abgeholt. Ich ging zu meinem Zimmer, öffnete vorsichtig die Tür, trat ein und schloss sie mit einem tiefen Seufzer hinter mir.

Mein Traumvater saß schon da, am Fußende des Bettes, zupfte Gitarre und summte mit geschlossenen Augen vor sich hin. Er trug eine Lederhose und eine Sonnenbrille und seine Haare waren total verwuschelt. Ein Rockstar, hätte man meinen können, und zwar keine kleine Nummer. Trotzdem: Ich musste ihn aus seiner Versunkenheit reißen. Das hier war wichtig.

»Er war da! Hat seinen kleinen Bruder abgeholt. Und er hat mit mir geredet!«

Mein Traumvater blickte zwar kurz auf, spielte aber weiter. »Ah ja? Und? Hat er dir gegen den Arm geboxt? Sich über dich lustig gemacht? Hat er dich beschimpft und Sachen nach dir geworfen?«

»Äh … nein. Aber er hat gelächelt.«

»Wow!«

»Und rate mal, was noch: Er hat mich gebeten, ihm ein paar Zeichentechniken beizubringen!«

»Na, das kennt man ja. Die alten Jungstricks, um ein Mädchen näher kennenzulernen …«

»Also, bei ihm glaub ich das nicht.«

»Ha! Da musst du aber noch eine Menge lernen. Ich hab neulich eine ganze Sendung zu dem Thema gesehen: *Das Leben auf dem Jungsplaneten*. Und? Party gut überstanden?«

»Einigermaßen. So, und jetzt muss ich Mum beim Aufräumen helfen. Gut möglich, dass noch die eine oder andere Bakterieninvasion auf uns wartet.«

»Na dann …«

Ich ging zum Bett und stellte mich direkt vor ihn.

Er hörte auf zu zupfen und sah mich an.

»Was ist?«

»Was soll ich mit Bella machen?«

»Das weißt du doch: Du musst ihr sagen, dass du die Briefe geschrieben hast.«

»Aber das kann ich nicht.«

»Klar kannst du das. Es ist das einzig Richtige. Du musst ihr die Wahrheit sagen.«

Ich seufzte und ließ mich neben ihn aufs Bett plumpsen.

»Aber das wird sie völlig aus der Bahn werfen.«

»Trotzdem musst du es tun, Amber. Und ich bin mir sicher: Du schaffst es.«

Ich atmete langsam und geräuschvoll aus. Und dann verließ

ich mein Zimmer, um die Suppe auszulöffeln, die ich mir eingebrockt hatte.

»Oh, da bist du ja. Komm, hilf mir ein bisschen beim Aufräumen«, bat Mum.

Schnell zog ich mir die Gummihandschuhe wieder über, aber letztlich war alles halb so wild. Es gab kein Katzenpipi, das weggescheuert werden musste, und auch sonst keine größeren Katastrophen: weder schleimige Popel auf den Stühlen noch Schokofingerabdrücke an den Wänden. Trotzdem wischte ich alles mit antibakteriellen Feuchttüchern ab, während Mum zum zweiten Mal an diesem Tag staubsaugte. Hatte ich's nicht gewusst? Das erste Mal hätte sie sich komplett sparen können.

Nonna wickelte die zig Millionen übrig gebliebenen Sandwiches in Frischhaltefolie und packte sie in den Kühlschrank, während Bella die Zuckerglasur von den restlichen Cupcakes schleckte. Tolle Idee, damit waren sie für Mum, Nonna und mich also gestorben. Würg.

»Darf ich jetzt meine Geschenke auspacken?«, fragte Bella und verschlang den riesigen Geschenkestapel sehnsüchtig mit den Augen.

»Natürlich«, sagte Mum. »Wenn du dann endlich aufhörst mir Strafzettel zu verpassen …«

Wir scharten uns um Bella, die sich sofort ans Werk machte. Mum zückte einen Stift und einen Schreibblock. Das macht sie an Geburtstagen immer so: Sie notiert, wer was geschenkt hat und verdonnert uns am Ende dazu, Dankeskarten zu schreiben.

Nonna war so aufgeregt, dass man fast meinen konnte, sie hätte Geburtstag und die Geschenke gehörten allesamt ihr. Sie feuerte Bella regelrecht an, klatschte wie wild in die Hände und kreischte: »*Mamma mia*, schau nur, wie viele Geschenke du hast bekommen! Bestimmt hundert Stück! Du so ein glückliches Mädchen!«

Ich kann gar nicht sagen, wie sehr ich Nonna für ihre Begeisterung liebte. Mehr als normalerweise jedenfalls, und normalerweise liebe ich sie schon wie verrückt.

Ich sah zu, wie Bella ein rosa glitzerndes, vollkommen nutzloses Plastikgeschenk nach dem anderen öffnete … bis sie plötzlich mittendrin ein goldenes Paket entdeckte.

»Hui, das ist aber groß!«, schrie sie und angelte nach dem kleinen Geschenkanhänger. »Für Bella. Ich hab dich sehr lieb!«

»Mehr steht da nicht drauf?«, fragte Mum. »Kein Name, nichts?«

»Nein.«

»Hm, merkwürdig.«

Aber da riss Bella schon das Papier auf, und als sie erkannte, was sich darunter verbarg, juchzte sie laut auf und warf ihre Arme in die Luft: »Juhuuu! Schaut mal, was ich gekriegt habe! Schaut doch mal!«

Es war ein riesiges rosa Perlenset und obendrauf war mit Tesafilm eine lilafarbene Swatch-Uhr geklebt.

Bella hielt das Bastelset hoch und tanzte damit laut kreischend durchs Zimmer.

»Das verstehe ich nicht.« Mum schaute Nonna und mich ratlos an. »Wer hat ihr das gekauft? Das ist ein teures Geschenk – das kann nicht von ihren Freunden sein. Aber wer sollte denn sonst schreiben, dass er sie sehr lieb hat?«

»Jemand, der mich sehr lieb hat und immer an mich denkt.«

Ich musste grinsen, denn sie hatte Recht.

»Amber?« Mum schoss mir einen Blick zu. »AMBER, DU HAST DOCH WOHL NICHT …?«

Statt zu antworten, lächelte ich nur. Mum schnappte so laut nach Luft, dass ich schon dachte, sie hätte direkt hinter mir an der Wand eine Riesentarantel in Angriffsstellung erspäht.

»Du hast dein sauer verdientes Geld in Bellas Geburtstagsgeschenk investiert? Ich dachte, du würdest auf ein neues Handy sparen! Ich glaub's einfach nicht.«

Mum hatte Tränen in den Augen und fächelte sich Luft zu, als wäre ihr heiß.

»Nein, Mum.« Bella sah geschockt aus. »Das ist nicht von Amber. Das ist von jemand anderem.«

»Bella«, sagte ich und zupfte sie am Ärmel. »Lass uns beide mal kurz in dein Zimmer verschwinden, ja? Ich muss mit dir reden.«

Im Rausgehen hörte ich, wie Mum zu Nonna sagte: »Ich kann nicht glauben, dass sie das wirklich getan hat. Du?«

In Bellas Zimmer schloss ich sofort die Tür.

»Das Geschenk ist von IHM!«, quiekte Bella. »Es ist von Dad! Es ist genau das, was ich mir von ihm gewünscht hab.«

»Bella, es ist nicht von ihm. Ich muss dir etwas sagen.«

Ich stand jetzt direkt vor ihr. Sie sah mich erwartungsvoll an.

Ich schluckte.

Das hier war der größte Härtetest meines bisherigen Lebens. Ich fühlte mich so elend, dass mir die Worte im Hals stecken blieben.

»Warte!«, sagte Bella. Sie flitzte zum Bett und schob die Hand unter ihr Kopfkissen.

»Bella, jetzt komm doch mal her, es ist mir wichtig«, sagte ich.

Aber da hatte sie schon einen Umschlag unter dem Kissen hervorgezogen und reichte ihn mir. Noch ein Brief. Und sie hatte sich nicht mal mehr die Mühe gemacht, den Namen draufzuschreiben.

»Oh nein«, stöhnte ich. »Bella, ich muss dir was sagen.«

»Was? Bist du vielleicht gar nicht meine richtige Schwester?«

»Doch. Natürlich bin ich deine richtige Schwester. Und kannst du jetzt bitte mal den Mund halten und mich aussprechen lassen? Es ist auch so schon schwer genug für mich und du machst es mir nicht gerade leichter.«

»Okay, aber erst muss ich ganz schnell Pipi machen, sonst geht's auf den Boden«, sagte sie und lief zur Tür.

Grrr.

Als sie draußen war, stieß ich einen tiefen Seufzer aus. Puh, was hatte ich für eine Angst, ihr die Wahrheit zu sagen! Sie würde mir in ihrer Polizeiuniform gegenüberstehen, am Boden zerstört. Eine riesige Träne würde ihr über die Wange kullern, genau wie neulich, als wir das kleine Mädchen und ihren Vater auf dem Spielplatz gesehen hatten. Dann wären wir sozusagen wieder bei null angekommen.

Und plötzlich wurde mir noch aus einem anderen Grund flau im Magen: Mum würde einen Riesenaufstand machen, wenn sie von der Sache erfuhr.

Da half eigentlich nur eines: Ich würde Bella drohen müssen, das Geschenk in den Laden zurückzubringen, falls sie mich verpetzte.

Sie brauchte echt Ewigkeiten auf dem Klo.

Da bemerkte ich plötzlich, dass der Umschlag, den sie mir gegeben hatte, nicht zugeklebt war. Ich schickte ein schnelles Stoßgebet zum Himmel, dass sie mich nicht beim Linsen erwischte, sprang hinter die Tür und zog den Brief heraus.

Libe Amber,

danke das du die ganze zeit brife an mich geschriben hast unt dabei so getan hast als werst du Dad. Es hat richtig spas gemacht mit dir brife zu schreiben. Das war schön geheimnisvol. Ich fänt es toll wenn Dad hir were. Aber noch toller fint ich das du meine grose schwester bist.

Küschen von Bella

PS: Ich mach dir ein schickes rosa unt gelbes Armbant mit Härzen und Blum unt das must du dann imma tragn. Auch beim duschen und beim Karate.

Hilfe, sie hatte es herausgefunden! Diese ausgefuchste, kleine …

Ich klopfte an die Badezimmertür.

»Was ist?«, tönte es heraus.

»Wusstest du es?«

Da erschallte von drinnen ein teuflisches Gelächter – wie das eines bösen Herrschers, der im Begriff war, die Weltherrschaft an sich zu reißen.

Mir blieb nichts anderes übrig, als mich vor die Badtür zu hocken und darauf zu warten, dass sie rauskam. Ich fragte mich, wann sie es wohl herausgefunden hatte. Wusste sie von Anfang an Bescheid? Eher unwahrscheinlich.

Als Bella endlich aus dem Bad kam, grinste sie von einem Ohr zum anderen.

»Und du bist mir nicht böse?«, fragte ich.

»Nur so viel.« Mit Daumen und Zeigefinger zeigte sie einen Abstand von ungefähr drei Zentimetern. Und dann umarmte sie mich, so fest sie konnte. Ich hätte gerne noch eine Weile so dagestanden, aber sie kam gerade von der Toilette – und jede Wette: Sie hatte sich nicht die Hände gewaschen. Also löste ich mich aus ihrer Umarmung und sagte: »Bella, du musst mir versprechen, dass du Mum nichts von den Briefen erzählst. Die würde nämlich total ausflippen.«

»Okay.«

»Ich meine es wirklich ernst, Bella. Wenn du es Mum verrätst, dann bringe ich das Perlenset zurück ins Geschäft.«

»Nein!«

»Doch! Und die Swatch auch.«

»Nein, Amber, bitte.«

»Dann darfst du nichts erzählen.«

»Ja, ja.«

»Ich meine es verdammt ernst, Bella. Immer wenn ich dir nämlich sage, dass du Mum irgendwas nicht verraten sollst, tust du es trotzdem. Diesmal musst du's mir versprechen oder das Geschenk wandert auf direktem Weg in den Laden zurück.«

Sie wischte sich ihre rotzige Nase am Ärmel ab und sagte: »Ich versprech's.«

»Aber verschwörprichst du es auch? Du weißt schon, dieses Versprechen mit dem kleinen Stückchen Schwur drin?«

Sie schniefte. »Also echt, Amber, manchmal bist du ein richtiges Baby.«

Dann drehte sie sich um, rannte ins Wohnzimmer und machte sich daran, die verschweißten Plastikpanzerverpackungen ihrer restlichen rosa Geschenke aufzubrechen. Warum stellte man heutzutage eigentlich alles mit Kindersicherung her, selbst Sachen für Kinder?

Mum und Nonna unterhielten sich leise miteinander. Mum schielte irgendwie leicht vom Rotwein. Als ich mich gerade setzte, sagte sie: »Amber, können wir kurz mit dir sprechen?«

»Klar.«

Unruhig rutschte ich auf meinem Stuhl hin und her. Hoffentlich hatten die beiden unser Gespräch nicht mitgehört. Ich pulte ein bisschen Zuckerglasur von einem der Cupcakes. Mmmh, lecker, auch wenn sie kreischrosa war.

»Amber, wir sind gerührt, dass du dein ganzes Geld für Bella ausgegeben hast. Das ist so großzügig und aufmerksam, wirklich unglaublich! Wir dachten, du würdest auf ein neues Handy sparen.«

Ich wand mich auf meinem Stuhl. Das Lob verdiente ich nicht. Vor allem deshalb, weil ich mir wirklich viel lieber ein Handy gekauft hätte.

»Na ja … ihr kennt noch nicht die ganze Geschichte …«, murmelte ich mit zuckerverklebter Zunge.

»Das mag sein, aber Nonna und ich haben trotzdem beschlossen, dass wir dir für deinen ersten Platz beim Kunstwettbewerb und für deine Großzügigkeit Bella gegenüber ein Smartphone kaufen werden.«

»WAS?«

»Morgen, gleich nach der Schule.«

Nonna zog mich zu sich herüber, geradewegs auf ihren breiten Schoß.

»Du hast verdient, *amore*«, sagte sie und umarmte mich so fest, dass mir die Luft wegblieb.

Nachdem Nonna gegangen war, verschwand ich in mein Zimmer, stellte meine Schultasche auf den Boden und stieß einen tiefen, zufriedenen Seufzer aus.

Mein Traumvater saß am Schreibtisch, die Gitarre eingepackt neben sich. Er sah wieder ziemlich normal aus: Jeans, Kapuzenpullover, Laufschuhe und ein Basecap.

»Hi«, sagte ich.

Lächelnd drehte er sich zu mir um. »Selber hi. Alles okay?«

»Ja. Sogar mehr als das. Es hat sich alles super gefügt.«

»Das freut mich. Hast du jetzt Freunde?«

»Ja, richtig gute sogar, glaub ich.«

Er kicherte und tippte sich an den Schirm seines Caps. »Und mit Bella? Alles im Lot?«

»Ja, alles paletti.«

»Und was ist mit dem schwarzen Loch? Ist das auch verschwunden?«

»Hm, nee, nicht wirklich. Es strudelt immer noch in mir herum, dunkel und schwer und so. Aber zumindest hab ich das Monster umgelegt.«

»Ja, das hast du. Das war mutig. Und wo wir gerade davon sprechen: Was macht die furchtlose Kriegerin? Hast du die Ninja-Amber in dir geweckt?«

»Nein, aber ich denke, ich weiß, wo sie sich versteckt. Obwohl, ganz sicher bin ich mir nicht, denn ich hatte in der Zwischenzeit keine Gelegenheit, Joanne Pyke in den Hintern zu treten. Das war zum Glück gar nicht mehr nötig.«

Er grinste und stand auf. »Na, dann wäre doch eigentlich alles abgehakt, oder? Moment, da war doch noch was. Du wolltest dich doch nicht mehr so halb und halb fühlen. Wie steht es damit?«

Ich musste eine Sekunde nachdenken. »Hm, ich fühle mich immer noch halb und halb. Und das wird auch so bleiben. Mein Dad ist nicht da und ich kenne keinen Japaner weit und breit. Die japanische Hälfte fehlt also komplett. Trotzdem komme ich inzwischen etwas besser damit klar. Ich habe Mum und Nonna und Bella, und um ehrlich zu sein: Wir sind auch ohne ihn eine Familie. Außerdem bin ich nicht die Einzige, die eine bunte Mischung ist.«

»Allerdings. Das musst du dir nur immer wieder in Erinnerung rufen«, sagte er. »Überall auf der Welt laufen bunte Mischungen herum. Ich bin stolz auf dich, Amber. Und deshalb kann ich jetzt auch verschwinden.«

Ich blickte ihn überrascht an. »Oh, echt?« Da entdeckte ich den Koffer am Fußende meines Bettes. Und überhaupt sah er irgendwie reisefertig aus. Das war mir vorher gar nicht aufgefallen.

»Ja, ich gehe. Aber ich bin mir ganz sicher, dass es bei dir auch weiterhin prima laufen wird.«

Ich nickte. Merkwürdig, ich war überhaupt nicht traurig. Meinen Traumvater zu erfinden war vermutlich das Beste gewesen, was mir passieren konnte. Eine absolut erstaunliche Erfahrung, die mein Leben verändert hatte. Jetzt war ich einigermaßen zuversichtlich, alleine zurechtzukommen. Zumindest für eine Weile. Aber was, wenn ich ihn doch mal wieder brauchte?

»Hm … kommst du irgendwann wieder?«

»Das hängt allein von dir ab«, antwortete er und nahm seinen Koffer und die Gitarre. »Aber falls du mich je noch mal brauchen solltest, stehe ich wieder auf der Matte. Jederzeit. Gib mir einfach ein Zeichen.«

Und *puff*.

Weg war er.

Danksagung

Dieses Buch würde nicht existieren, wäre ich nicht durch einen glücklichen Zufall Barry Cunningham begegnet. Ich bin unendlich dankbar, dass Barry Amber unter seine Fittiche genommen hat.

Ein herzliches Dankeschön geht auch an Rachel H., Tina, Laura, Elinor und alle anderen bei Chicken House für ihre großartige Arbeit und die stets so wunderbare Stimmung im Verlag.

Vor Rachel Leyshon mache ich, ganz im japanischen Stil, eine tiefe Verbeugung – aus Respekt und Dankbarkeit für das talentierteste, einfühlsamste, klügste, wohlwollendste und diplomatischste Lektorat, das die Welt, vermute ich, je gesehen hat.

Es war für mich ein unschätzbar wertvoller Lernprozess, mit euch allen zusammenzuarbeiten.

Ariko(san) Nishimura möchte ich für die unerschöpfliche Geduld danken, mit der sie mir die japanischen Zahlen beigebracht hat, und Amber, Luna, Marina, Marco und Susie für ihre Italienisch-Nachhilfe (nein, Susie, dein Name steht trotzdem nicht in Riesenlettern auf dem Cover).

Danke auch an Rosie Turner, Helen Crawford-White, Sean the Orm und Sarah Alexander für ihre wertvollen Ratschläge zum Tonfall und an Sean Gaston und David Fulton von der Brunel University für ihre stetige Ermutigung.

Ein Riesendankeschön oder – um es auf Hebräisch zu sagen – *Toda raba* an Asi und die Familie Shevach und allerherzlichste Grüße an Tante Eileen, die für mich da war, als ich sie am allermeisten brauchte.

Tausend Dank auch an meine weitläufigen, kunterbunten Bekanntenkreise (den irischen, den italienischen, den thailändischen, den israelischen und den amerikanischen) und überhaupt an alle meine Freunde und großartigen Kollegen: dafür, dass ihr mich unterstützt, dass ihr mein Leben bereichert und mich zum Lachen bringt.

Ich kann gar nicht sagen, wie froh ich bin, dass Tamar, Maor, Maayan und Natan Teil meines Lebens sind. Ihr vier seid das größte Glück überhaupt, das Beste, was mir passieren konnte. Es ist ein wahres Geschenk, dass ich meine Zeit mit euch verbringen und miterleben darf, wie ihr zu den tollsten Menschen überhaupt heranwachst.

Und zu guter Letzt: Ich weiß, dass es unzählige großartige Väter gibt. Und dass viele von ihnen sehen wollen, wie ihre Kinder aufwachsen, es aber nicht können. Ihr habt meinen größten Respekt und meine ganze Bewunderung. Dennoch geht mein abschließender Dank an die Mütter dieser Welt, die sich trotz aller Mühen und Widrigkeiten, trotz mangelnder Anerkennung und oftmals schlechter Bezahlung im Job Tag für Tag für ihre Kinder aufopfern und ihr Bestes geben. Und einer Mutter gilt mein ganz besonderer Dank: meiner eigenen. Danke für deine Liebe und deine Kraft, dafür, dass du uns ganz ohne Hilfe alleine großgezogen hast. Ohne jemanden, mit dem du dir die vielen Rechnungen teilen konntest, ohne jemanden, der den Wasserhahn repariert hat, wenn er kaputt war. Ohne jemanden, der dir half zu entscheiden, ob wir wirklich zu krank für die Schule waren, oder ob wir dir nur etwas vorspielten. Du musstest alle Entscheidungen alleine treffen, musstest Tag für Tag hart arbeiten – und gleichzeitig immer für uns da sein. Und das bist du immer noch.

FSC
www.fsc.org
MIX
Papier aus verantwortungsvollen Quellen
FSC® C014496

Ein *Chicken House*-Buch im Carlsen Verlag

Originaltitel: Dream on, Amber
Aus dem Englischen von Birgit Niehaus
Lektorat: Rebecca Wiltsch
Umschlagbild: Getty Images, Terry Vine
Umschlaggestaltung: Henry's Lodge, Vivien Heinz
Layout und Herstellung: Tobias Hametner, Maria Niemann
Kapitelvignetten: Helen Crawford-White
Satz: Dörlemann Satz, Lemförde
Lithografie: Margit Dittes Media, Hamburg
Gesetzt aus der Wilke
Druck und Bindung: GGP Media GmbH, Pößneck
ISBN 978-3-551-52067-8
Printed in Germany

www.chickenhouse.de